La escuela de ingredientes esenciales

Erica Bauermeister

La escuela de ingredientes esenciales

Título original: *The School of Essential Ingredients*
© Erica Bauermeister
© De la traducción: Alicia Frieiro
© De esta edición:
Santillana Ediciones Generales, SA de CV
Av. Río Mixcoac 274, col. Acacias
C.P. 03240, México, D.F. Teléfono 5420 7530
www.sumadeletras.com.mx

Diseño de cubierta: Romi Sanmartí

Primera edición: abril de 2011

ISBN: 978-607-11-1074-9
Impreso en México

El momento previo a encender las luces era el mejor de todos. Lillian permanecía en el umbral de la cocina del restaurante, el aire cargado de lluvia a su espalda, y dejaba que los olores llegaran hasta ella: levadura fermentada, café dulce y terroso, y ajo, reblandeciéndose a la espera. Por debajo de éstos, esquiva, reposaba la persistente esencia a carne cruda, tomates verdes, cantalupo, lechuga en remojo. Lillian respiró hondo, sintiendo cómo los olores se movían a su alrededor y la atravesaban, al tiempo que trataba de identificar aquellos que pudieran sugerir la presencia de una naranja podrida debajo del montón o bien que la nueva ayudante de cocina seguía aderezando en exceso los platos de curry. Así era. La muchacha era la hija de unos amigos y manejaba bien el cuchillo, pero había días, pensó

Lillian con un suspiro, en los que era como enseñar sutileza a una tormenta.

Pero hoy era lunes. Nada de ayudantes de cocina, nada de clientes buscando consuelo o celebración. Hoy era lunes por la noche, la noche de la clase de cocina.

Tras siete años de enseñanza, Lillian sabía cómo se presentarían sus alumnos a la primera noche de clase: atravesarían la puerta de la cocina solos o en grupos ad hoc de dos o tres después de haber coincidido en el paseo de entrada al restaurante en penumbra, conversando en voz baja, nerviosos, como ocurre entre los extraños que no tardarán en tocar la comida del otro. Una vez en el interior, algunos se agruparían, en un primer paso para establecer una conexión, mientras que otros deambularían por la cocina, con los dedos acariciando las ollas de latón o recogiendo un rutilante pimiento rojo, como niños pequeños atraídos por los ornamentos de un árbol de Navidad, no del todo seguros de si pueden tocarlos pero incapaces de contenerse.

A Lillian le encantaba observar a sus alumnos en ese momento; eran elementos que se volverían más complejos e interesantes tan pronto como se mezclaran entre ellos, pero al principio, en el aislamiento de un entorno nada familiar, su esencia era evidente. Un joven que estiraba la mano para apoyarla sobre el hombro de la chica, aún más joven, que se encontraba junto a él —«¿cómo te llamas?»—, mientras la mano de ella bajaba hasta la encimera y surcaba la suave superficie de acero inoxidable. Otra mujer, sola, la mente todavía ocupada por el pensamiento de ¿un niño?, ¿un amante? De tanto en tanto acudía una pareja, enamorada o en ruinas.

Los alumnos de Lillian llegaban movidos por distintos motivos, unos por el deseo no cumplido todavía de escuchar un murmullo de alabanzas culinarias, otros con la esperanza de encontrar un cocinero antes que convertirse en uno. Había unos pocos que ni siquiera estaban interesados en las clases, y llegaban con un bono regalo en la mano como obligados a embarcarse en una marcha abocada al fracaso más absoluto; sabían que sus bizcochos no subirían nunca, que sus salsas siempre acabarían repletas de desconcertantes grumos de harina, como quien se encuentra el buzón lleno de facturas cuando lo que en realidad espera es una carta de amor.

Y luego estaban los alumnos aparentemente sin elección, tan incapaces de mantenerse alejados de una cocina como un cleptómano de mantener las manos en los bolsillos. Llegaban temprano, se quedaban hasta tarde, fantaseaban con abandonar sus empleos de oficina y convertirse en chefs con una mezcla de culpabilidad y placer, como un anciano que se salta los primeros de la carta para ir directamente al azúcar. Si bien tenía debilidad por estos últimos, como por otra parte no podía ser de otra manera, lo cierto es que Lillian los encontraba a todos igualmente fascinantes. Fueran cuales fueran las razones de su presencia allí, Lillian sabía que en un momento u otro en el transcurso de la clase los ojos de cada uno de ellos se abrirían como platos, rebosantes de alegría o de lágrimas o de resolución; siempre pasaba. El momento y el motivo serían diferentes para cada uno, y era precisamente eso lo que la fascinaba. No hay dos especias que funcionen igual.

La cocina estaba lista. Las largas encimeras de acero inoxidable se extendían ante ella, amplias y frías en la oscuridad. Lillian supo sin necesidad de comprobarlo que Robert había recibido el pedido de hortalizas del proveedor que sólo hacía reparto los lunes. Caroline no le habría quitado el ojo de encima al flacucho y lenguaraz Daniel hasta que los suelos estuvieran bien lavados, y las gruesas alfombrillas de goma hubiesen recibido afuera un buen manguerazo hasta quedar negras y brillantes. Al otro lado de las puertas batientes del extremo de la cocina, el comedor estaba dispuesto, un campo silencioso de mesas vestidas de lino blanco almidonado, las servilletas dobladas en perfectos triángulos en cada lugar. Pero nadie usaría el comedor esta noche. Sólo importaba la cocina.

Lillian estiró los dedos una, dos veces, y accionó el interruptor de la luz.

Lillian

L illian tenía cuatro años cuando su padre las abandonó, y su madre, atónita, se zambulló en la lectura como una foca en el agua. Lillian había observado a su madre sumergirse y desaparecer, sintiendo instintivamente, ya a tan pronta edad, la naturaleza impersonal de una elección tomada sencillamente por supervivencia, y adaptándose al nicho en que desde ese instante se convertiría su hogar, como un observador desde la orilla del océano de su madre.

En esa nueva vida, el rostro de la madre de Lillian se transformó en una serie de tapas de libros, sostenidas allí donde acostumbraban a aparecer ojos, nariz o boca. Lillian aprendió enseguida que las tapas de los libros tenían la facultad de pronosticar estados de ánimo igual que las expresiones faciales, porque la madre de Lillian buceaba hondo en los libros que leía, hasta que la personalidad del protagonista la envolvía como un perfume aplicado por una mano indiscriminada. Lillian no podía saber quién la recibiría a la mesa del desayuno, por mucho que el albornoz, el pelo, los pies, fuesen siempre los mismos. Era como tener a un mago por madre, aunque Lillian siempre sospechó que los magos que veía en las fiestas de cumpleaños, al regresar a sus casas, volvían a transformarse en hombretones con tres vástagos y una pradera de césped que había que cortar. La madre de Lillian, en cambio, se limitaba a terminar un libro y empezar el siguiente.

La entrega de su madre a los libros no era una ocupación silenciosa del todo. Mucho antes de que el padre de Lillian las abandonara, mucho antes de que Lillian fuera consciente de que las palabras poseían un significado además de la música de su inflexión, su madre acostumbraba a leerle en alto. No los libros de cartoné con sus ilustraciones en colores primarios y sus rimas monosilábicas. La madre de Lillian los desechaba como un inspector de calidad con poco tiempo y mucha experiencia.

«Para qué comer papas, Lily», decía, «cuando hay una comida de cuatro platos lista esperándote». Y empezaba a leer.

Para la madre de Lillian, todas las partes de un libro tenían su magia, pero en lo que más se deleitaba era en las palabras mismas. Coleccionaba frases exquisitas y rimas complicadas, descripciones que ondulaban por la página como la masa de un bizcocho al verterse en un molde, y que leía en voz alta para suspender las palabras en el aire y así poder oírlas tanto como verlas.

«Oh, Lily», solía decir su madre, «escucha ésta. Suena a verde, ¿no te parece?».

Y Lillian, que era demasiado pequeña para saber que ni las palabras son colores ni los pensamientos sonidos, escuchaba mientras las sílabas la atravesaban delicadamente, y pensaba «así es como suena lo verde».

La marcha de su padre, no obstante, lo cambió todo, y Lillian empezó a verse paulatinamente como poco más que una ayudante muda y solícita en la acumulación de oraciones excepcionales o, si se hallaban en público, como cubierta social de su madre. La gente se sonreía al ver a aquella madre nutriendo la imaginación literaria de su hija, pero para Lillian significaba mucho más. En su mente, su madre era un museo de palabras; y ella ese anejo tan necesario cuando falta espacio en el edificio principal.

Como cabía esperar, llegado el momento de que aprendiera a leer, Lillian se plantó. No fue solamente un acto de desafío, aunque para cuando empezó en la guardería Lillian ya sentía hacia los libros brotes íntimos de agresividad que, una vez superados, la hacían sentirse confundida y levemente superior. Pero no se trataba sólo de eso. En su mundo, los libros eran tapas, y las palabras sonido y movimiento, pero no forma. No podía identificar los ritmos que se le habían insinuado en la imaginación con lo que veía en el papel. Las letras yacían tendidas en la página como negros cuerpos resecos de hormigas muertas dispuestos con precisión implacable. No había magia alguna en la página en sí, eso notaba Lillian; y si bien ese hecho hizo crecer su estima hacia las habilidades de su madre, no logró alimentar en modo alguno su interés por los libros.

* * *

Fue durante aquellas primeras escaramuzas con la palabra impresa cuando Lillian descubrió la cocina. En el tiempo transcurrido desde que su padre se fuera, las tareas domésticas se convirtieron, para la madre de Lillian, en un destino de viaje raramente visitado; y lavar la ropa, en ese amigo al que uno nunca se acuerda de telefonear. Lillian se familiarizó con estas tareas persiguiendo a las madres de sus amigas por sus casas, a la vez que ellas fingían no darse cuenta y dejaban caer alguna que otra pista sobre el jabón o sobre cómo cambiar la bolsa de la aspiradora como si se tratase de otro juego infantil más. Lillian aprendió, y muy pronto su hogar, o el piso inferior al menos, desarrolló cierta rutina doméstica.

Sin embargo, fue el trajín en la cocina de las casas de sus amigas lo que fascinó a Lillian: los aromas que empezaban a despertar su olfato justo cuando llegaba la hora de regresar a casa, por la tarde. Algunos olores eran intensos, un repiqueteo olfativo de tacones sobre un piso de madera. Otros los sentía como la calidez del aire al final del verano. Lillian observaba mientras el aroma a queso fundido sacaba a los niños lánguidamente de sus habitaciones, veía cómo el ajo los volvía charlatanes, dilatando las bromas en relatos sobre los pormenores de la jornada. A Lillian le extrañó que no todas las madres pareciesen darse cuenta; la madre de Sarah, por ejemplo, siempre cocinaba curry cuando discutía con su hija adolescente, el aroma revoloteando disparado por la casa como un desafío. Pero Lillian descubrió enseguida que eran mayoría los que no comprendían el lenguaje de los olores, por mucho que para ella fuera tan obvio como una valla publicitaria.

Lillian pensó que quizá los olores fueran para ella lo que para otros eran las palabras impresas, algo vivo que crecía y mudaba. No sólo el olor a romero en el jardín, sino la fragancia de éste en sus manos después de cortar una ramita para la madre de Elizabeth, el aroma mezclándose con el intenso olor a grasa de pollo y a ajo en el horno, el recuerdo de la fragancia en los cojines del sillón el día después. La forma en que, desde entonces, Elizabeth tendría siempre para Lillian una parte de romero, el modo en que su cara redondeada se arrugó para reírse cuando Lillian le plantó la espinosa ramita cerca de la nariz.

A Lillian le gustaba pensar en los olores, tanto como le gustaba sostener la pesada sartén de la madre de Mary, o el modo en que la vainilla se colaba en el sabor de la leche templada. Evocaba con frecuencia el día en que la madre de Margaret le había dejado echar una mano con una bechamel, rememorando cada instante en su cabeza del mismo modo en que algunos niños tratan de revivir, a fuerza de detalles, los momentos de su fiesta preferida de cumpleaños. Margaret había hecho un mohín, porque a ella, declaró entonces con firmeza, nunca la dejaban ayudar en la cocina, pero Lillian ignoró las punzadas de lealtad, se encaramó a la silla y desde allí, de pie, observó la mantequilla derretirse en la sartén como el extremo espumoso de una ola filtrándose en la arena, luego la harina, al principio una cosa horrenda y grumosa que destruía la imagen hasta que se la removía y removía, la mano de la madre de Margaret sobre la de Lillian en la cuchara de madera cuando quiso aplastar los grumos, moviéndose despacio en cambio, dibujando círculos, suavemente, hasta que la mezcla de harina y mantequilla se volvió homogénea, homogénea, hasta que de nuevo la imagen mudó por obra de la leche, la salsa expandiéndose para contener el líquido y Lillian pensando todo el tiempo que la salsa no podría asimilar más, que la salsa se cortaría en sólido y líquido, pero no lo hizo. En el último momento, la madre de Margaret retiró de encima de la sartén el medidor de leche, y Lillian observó la salsa, un campo de nieve virgen, su aroma la sensación de calma en la convalecencia de una enfermedad, cuando uno vuelve a sentir el mundo de nuevo como un lugar amable y acogedor.

* * *

Cumplidos los ocho años, Lillian comenzó a hacerse cargo de la cocina en su propia casa. Su madre no puso objeción alguna; la comida no había desaparecido junto con su padre pero, si bien no era imposible del todo cocinar a la vez que leer, cuando menos resultaba problemático y, dada la tendencia de su madre a confundir una especie por otra si un libro era inusualmente absorbente, las comidas se habían vuelto menos logradas, aunque también, en ocasiones, más intrigantes. Comoquiera que fuese, el hecho es que la transferencia de deberes culinarios de madre a hija fue acogida con no poco alivio por ambas partes.

La entrega de la antorcha culinaria marcó el comienzo de años de experimentación, devenidos en proceso lento e insólito a causa de la terca negativa de Lillian a abordar la palabra impresa, incluso en forma de libro de cocina. Aprender los pormenores de los huevos revueltos mediante tan pedagógico enfoque podía llevar una semana: una noche, huevos sin más, revueltos suavemente con un tenedor; la siguiente, huevos batidos con leche; luego agua; luego nata. Si la madre de Lillian tenía alguna objeción, no hacía comentario alguno mientras acompañaba a Lillian a la caza de ingredientes, recorriendo los pasillos a la vez que leía en alto extractos del libro del día. Además, se decía Lillian a sí misma, cenar huevos revueltos cinco noches seguidas bien estaba a cambio de una semana dominada, por otra parte, por James Joyce. Quizá podía añadirles cebollino esa noche. «Sí», se dijo, «sí, lo haré, sí».

Conforme fueron pasando los años y mejorando sus habilidades, Lillian aprendió otras lecciones culinarias inesperadas. Se percató de cómo la masa golpeada producía un pan duro y estados de ánimo similares. Observó que las galletas blandas y calientes satisfacían necesidades humanas diferentes que las crujientes y puestas a enfriar. Cuanto más cocinaba, más empezó a contemplar las especias como portadoras de las emociones y recuerdos de los lugares de las que provenían originariamente y de todos aquellos por los que habían viajado en el transcurso de los años. Descubrió que la gente reaccionaba ante las especias del mismo modo que lo hacían con las personas, relajándose instintivamente ante unas, contrayéndose en una suerte de rígor mortis emocional ante otras. A los doce años, Lillian empezaba ya a sostener la creencia de que un cocinero auténtico, capaz de interpretar a personas y especias, podía anticiparse a las reacciones antes de una primera degustación, y de ese modo, influir en el desarrollo de una comida o una velada. Esta revelación fue la que dio a Lillian su Gran Idea.

* * *

—Voy a redimirla a base de comida —le dijo Lillian a Elizabeth mientras se sentaban en el porche delantero de casa de su amiga.

—¿Qué? —Elizabeth, ocho meses mayor que Lillian, hacía tiempo ya que había perdido interés por la cocina para desarrollar una pasión mucho más apasionada hacia el vecino de al lado, quien, conforme hablaban, se encontraba montando en su monopatín, lanzándose peligrosamente por una rampa instalada delante de la verja de la casa de Elizabeth.

—A mi madre. Digo que voy a redimirla a base de comida.

—Lily —en la expresión de Elizabeth se percibía una combinación de burla y compasión—, ¿es que no te vas a dar por vencida?

—No está tan mal como crees —dijo Lillian. Y empezó a explicarle su teoría sobre las galletas y las especias; hasta que cayó en la cuenta de cuán improbable era que Elizabeth llegara a creer nunca en el poder de la cocina y todavía más que se percatara del potencial que ésta tenía para influir en su madre.

Pero Lillian tenía tanta fe en la comida como otros pueden tenerla en la religión, y por eso hizo lo que haría la mayoría ante un momento crítico en la vida. Aquella misma noche, plantada en la cocina entre las cazuelas y sartenes que había ido reuniendo a lo largo de los años, hizo una promesa.

—Si consigo redimirla —ofreció Lillian—, dedicaré el resto de mi vida a la cocina. Si no lo consigo, lo dejaré para siempre. —Entonces, apoyó la mano en la base de la sartén de 35 centímetros e hizo su juramento. El caso es que como no había cumplido todavía los trece y no estaba muy versada en tradiciones religiosas, Lillian no cayó en la cuenta de que las promesas que se hacen a un poder superior requieren un sacrificio a cambio del resultado deseado, y que, por tanto, el riesgo que corría era mucho mayor, puesto que implicaba ganarlo, o perderlo, todo.

* * *

Como suele suceder con buena parte de las iniciativas de esta índole, el arranque fue desastroso. Lillian, espoleada por la esperanza, cargó contra su madre con comidas destinadas a derribarle directamente los libros de las manos: platos que apestaban a especias que asaltaban sin piedad el estómago y las emociones. La cocina permaneció tomada durante una semana entera por el intenso aroma a guindilla y cilantro. Su madre siguió comiendo como siempre; y luego se retiró a una dieta estable de novelas decimonónicas británicas, en las que la comida rara vez desempeñaba un papel relevante.

De modo que Lillian emprendió la retirada, se reagrupó, y empezó a servirle comidas que se adecuasen al libro del día. Gachas y té y bollitos, zanahorias cocidas y pescado blanco. Pero tres meses después, Charles Dickens dio paso finalmente a lo que parecía ser la determinación por parte de su madre de leer las obras completas de Henry James, y Lillian se desesperó. Bien era cierto que su madre había cambiado de continente literario, aunque sólo en sentido general.

—Está atascada —le dijo a Elizabeth.

—Lilly, no va a funcionar jamás. —Elizabeth se miraba al espejo—. Hazle unas papas cocidas y déjalo estar de una vez por todas.

—Papas —repitió Lillian.

* * *

Un rechoncho saco de veinte kilos de papas descansaba al pie de los escalones del sótano de Lillian desde que su madre lo encargara durante su periodo *Oliver Twist*, época en la que empezaron a aparecer en su puerta tales cantidades de víveres que los vecinos preguntaron a Lillian si tenían previsto recibir huéspedes o bien planeaban construir un refugio antiaéreo. De haber sido Lillian más pequeña, es posible que hubiese construido un fortín de comida, pero ahora se encontraba muy ocupada. Valiéndose de un cuchillo, cortó la urdimbre de arpillera del saco y extrajo del interior cuatro papas oblongas.

—Muy bien, bonitas —dijo.

Las subió a la planta de arriba y lavó la tierra de sus superficies cerosas, frotando los cortes y ojos con un cepillo. Elizabeth siempre se quejaba cuando su madre le pedía que lavara las papas para la cena, se preguntaba en voz alta para que Lillian y todo el que pasara por allí la oyera por qué no podían inventar una papa lisa, ya que se inventaban tantas cosas. Pero a Lillian le encantaban los agujeros y los cortes, aun cuando requirieran emplear más tiempo para lavarlos. Le recordaban a campos en barbecho, donde cada montículo o agujero era un hogar, el escenario de batallas o romances de pequeños animales.

Cuando estuvieron limpias las papas, extrajo su cuchillo preferido, las cortó en cuatro y, uno a uno, dejó caer los pedazos en la enorme cazuela azul llena de agua que había puesto a calentar en el fogón. Tras tocar el fondo con un agradable sonido sordo, se desplazaban levemente hasta encontrar su posición, y luego se quedaban quietas, hasta que el borboteo del agua las hacía mecerse levemente.

Su madre entró en la cocina, las *Obras completas de Henry James* plantadas delante de la cara.

—¿Es la cena o un experimento? —preguntó.

—Ya veremos —contestó Lillian.

Al otro lado de las ventanas, el cielo se oscurecía. Los coches empezaban a encender los faros, al tiempo que la luz adquiría un tono azul grisáceo al filtrarse a través de las nubes. En la cocina, las lámparas del techo estaban encendidas y su luz destellaba contra las superficies cromadas y se filtraba en las encimeras y el suelo de madera. La madre de Lillian se sentó en la silla pintada de rojo pegada a la mesa de la cocina, con el libro abierto.

—«Recuerdo el comienzo —leyó la madre de Lillian en voz alta— como una sucesión de exaltaciones y derrumbes, como un tira y afloja de buenas y malas sensaciones...»

Lillian, que la escuchaba sólo a medias, se agachó y sacó un pequeño cazo del armario. Lo colocó sobre el fogón y vertió leche en su interior hasta que el nivel alcanzó una tercera parte de sus verticales lados. Al girar el mando del fogón, la llama brotó de un salto y lamió los costados del cazo.

—«En una ocasión estoy convencida de haber reconocido el llanto, débil y lejano, de un niño; y aun hubo otra vez en la que desperté sobresaltada por algo parecido al susurro de unas pisadas pasando ante mi puerta…»

El agua en la gran cazuela azul hervía suavemente, las papas desplazándose en su interior con apacible resignación como los pasajeros en un autobús repleto. La cocina se llenó con el calor del agua evaporada y el olor a leche caliente, mientras que la última luz penetraba rosada a través de las ventanas. Lillian encendió la luz sobre el fogón, y comprobó las papas una vez con la afilada punta de su cuchillo. Listas. Retiró la cazuela del fogón, y vertió las papas en un escurridor.

—Dejen de cocerse —dijo con un susurro, mientras hacía correr un chorro de agua fría sobre sus humeantes superficies—. Dejen de cocerse, ya.

Agitó las papas para acabar de escurrir el agua. La piel se despegó con facilidad, como un chal deslizándose de los hombros de una mujer. Lillian volcó los pedazos, uno a uno, en el interior del cuenco grande de metal, accionó la batidora y observó cómo los trozos pasaban de forma a textura, de montículos a nubes abultadas de algodón. Los pegotes de mantequilla formaban, al derretirse, brillantes trazos de color amarillo en el vertiginoso remolino blanco. Cogió el cazo pequeño y vertió, muy despacio, la leche sobre las papas. Luego la sal. La justa.

Entonces, como si se le acabase de ocurrir, se fue hasta la nevera y sacó un trozo duro de queso parmesano. Ralló un poco sobre la tabla de cortar, cogió las finísimas raspaduras con los dedos y espolvoreó con ellas el interior del cuenco, donde desaparecieron en la mezcla. Apagó la batidora, pasó el dedo por la superficie y cató el resultado.

—Perfecto —dijo. Abrió el armario superior y sacó dos platos para pasta, anchos y bajos, con borde suficiente para albergar un sinuoso dibujo azul y amarillo, y los dispuso sobre la encimera. Cogió una cuchara grande de madera, la introdujo en las papas y sirvió una pequeña montaña blanca en el centro exacto de cada plato. Para terminar, hizo un pequeño hueco en lo alto de cada montaña, y a continuación depositó delicadamente en su interior un pegote extra de mantequilla.

—Mamá —dijo, mientras colocaba con cuidado un plato y un tenedor delante de su madre—, la cena. —La madre de Lillian cambió de postura en la silla para quedar de cara a la mesa, el libro rotando delante de su cuerpo como la aguja de una brújula.

Su mano se llegó hasta el tenedor, y con destreza esquivó las *Obras completas* para introducirlo en medio de las papas. Luego lo levantó, y éste quedó suspendido en el aire.

—«Era la primera vez, por así decirlo, que experimentaba el espacio y el aire y la libertad, toda la música del verano y todo el misterio de la naturaleza. Y, además, se me trataba con consideración; una consideración tan dulce…».

El tenedor concluyó su viaje a la boca de la madre de Lillian, donde entró, y luego salió, limpio.

—Hummm… —dijo. Y se hizo el silencio.

* * *

—Ya es mía —le anunció Lillian a Elizabeth mientras comían una tostada de crema de cacahuete caliente en casa de ésta después del colegio.

—¿Por qué? ¿Porque has conseguido que *dejara* de hablar? —Elizabeth la miró con escepticismo.

—Ya lo verás —dijo Lillian.

En los días posteriores, Lillian sí que notó a su madre más calmada, pero ésta experimentó un cambio mucho más notable y del todo imprevisto. Seguía leyendo, pero ahora lo hacía en completo silencio. Y si bien Lillian, quien ya hacía tiempo que había dejado de considerar las lecturas en voz alta de su madre como un intento de comunicación, no lamentaba haber dejado de ser la palangana colectora de oraciones preciosas, aquél no era precisamente el efecto deseado. Por un momento había creído que las papas obrarían un efecto mágico.

* * *

De camino a casa, al regreso de la escuela, Lillian cogió un atajo por un estrecho callejón que, desde la avenida principal, conducía hasta el camino rural que llevaba a su casa. A media manzana había una pequeña tienda de alimentación que Lillian descubrió a los siete años, una tarde de verano, cuando presa de la frustración se había soltado de la mano de su madre y tomado un camino inexplorado hasta entonces, preguntándose si ésta percibiría su ausencia.

Aquel día, años atrás, olió el almacén antes de verlo, sus fragancias intensas y polvorientas le produjeron un cosquilleo en la nariz, arrastrándola callejón abajo. La tienda era diminuta, puede que del tamaño del salón de un apartamento, y los anaqueles estaban atestados de conservas etiquetadas en lenguas que no supo reconocer y de largas velas cubiertas por campanas de cristal y decoradas con retratos de personas con halos y rostros entristecidos. Junto a la caja registradora había una vitrina de cristal repleta de fuentes de comida de colores intensos: amarillos y rojos y verdes, que despedían aromas intensos y ahumados, y a veces fuertes.

La mujer que atendía el mostrador vio a Lillian pegada a la vitrina de cristal, los ojos abiertos como platos.

—¿Quieres probar? —preguntó.

No dónde está tu madre ni cuántos años tienes, sino quieres probar. Lillian levantó la vista y sonrió.

La mujer se acercó a la vitrina y sacó una forma ovalada y amarilla.

—Tamal —dijo, y se la tendió a Lillian en un pequeño plato de cartón.

Por fuera era suave y algo crujiente, por dentro un festival de carne, cebolla, tomate y algo que le recordó vagamente a canela.

—Tú entiendes la comida —comentó la mujer, asintiendo, mientras la observaba comer.

Lillian levantó la vista de nuevo, y se sintió abrazada por la sonrisa de aquella mujer.

—Los niños me llaman Abuelita —dijo—. Me parece que oigo venir a tu madre.

Lillian escuchó, y oyó el sonido de la voz lectora de su madre abriéndose camino por el callejón. Paseó la mirada una vez más por la tienda, y reparó en un curioso objeto de madera colgado de un gancho en uno de los anaqueles.

—¿Qué es eso? —preguntó señalando.

—¿Tú qué crees? —Abuelita lo desenganchó y se lo tendió a Lillian, que examinó su forma irregular: un palo de quince centímetros de largo, con una cabeza redondeada a un extremo tallada de hendiduras como los surcos de un campo de cultivo.

—Creo que es una varita mágica —respondió Lillian.

—Podría ser —dijo Abuelita—. Tal vez debieras quedártela, por si acaso.

Lillian cogió la varita y se la deslizó en el interior del bolsillo de su abrigo, como un espía camuflando una nota secreta.

—Vuelve cuando quieras, pequeña cocinera —dijo Abuelita.

Lillian visitaría a menudo la tienda a lo largo de los años. Abuelita le hablaba de especias y comidas con las que ella no se topaba jamás en casa de Elizabeth o de Margaret. Estaba el aguacate, arrugado y gruñón por fuera, verde claro por dentro, cremoso como el helado cuando se aplastaba para preparar guacamole. Estaba el sabor ahumado del chile chipotle y el intenso dulzor del cilantro crujiente, que le gustaba tanto a Lillian que Abuelita siempre le daba una ramita para que se la comiera de camino a casa. No es que Abuelita hablara mucho, pero, cuando lo hacía, mantenía una conversación.

* * *

De modo que cuando Lillian entró en la tienda, una semana después de prepararle el puré de papas a su madre, Abuelita se la quedó mirando fijamente un momento.

—Algo te pasa —comentó transcurridos unos instantes.

—No funcionó —contestó Lillian desesperada—. Pensaba que lo había conseguido, pero no.

—Cuéntame —se limitó a decir Abuelita, y Lillian lo hizo, habló de galletas y de especias y de Henry James y de puré de papa y de cómo tenía la sensación de que quizá no fuera la comida, después de todo, lo que obraría la magia necesaria para sacar a su madre de su largo sueño literario, de que quizá el sueño fuera, después de todo, cuanto había para su madre.

Cuando Lillian hubo terminado su relato, Abuelita permaneció un rato en silencio.

—No es que lo hayas hecho mal; lo que pasa es que no has acabado.

—¿Y qué más se supone que puedo hacer?

—Lillian, no todos los corazones se rompen igual. La cura es diferente para cada caso, pero hay determinadas cosas que todos necesitamos. Lo primero es que tenemos necesidad de sentirnos seguros. Eso ya lo has hecho por ella.

—¿Y entonces por qué sigue igual?

—Porque para ser parte de este mundo necesitamos algo más que seguridad. Tu madre necesita recordar lo que ha perdido y desear recuperarlo de nuevo.

»Tengo una idea —dijo Abuelita—. Es probable que nos lleve unos minutos.

Le tendió a Lillian una tortilla caliente de maíz y la invitó a sentarse a la pequeña mesa redonda que estaba junto a la puerta de entrada. Mientras Lillian la observaba, Abuelita arrancó la parte posterior de una bolsa pequeña de papel marrón y empezó a escribir en ella, arrugando la frente concentrada.

—No es que escriba muy bien —comentó cuando hubo acabado—. Nunca pensé que sirviera de mucho. Pero captarás la idea.

Apartó el papel a un lado, cogió otra bolsa pequeña para comestibles y empezó a llenarla con diferentes productos que iba cogiendo de los anaqueles de la tienda, de espaldas a Lillian. Luego plegó el papel, lo colocó encima de la bolsa y se la tendió a Lillian.

—Aquí tienes —dijo—, ya me contarás cómo va la cosa.

* * *

Cuando llegó a casa, Lillian abrió la bolsa e inhaló los aromas a naranja, a canela, a chocolate amargo y a algo que no pudo identificar del todo, profundo y misterioso, como el rastro de un perfume en las dobleces de una bufanda de cachemir. Vació los ingredientes de la bolsa sobre la encimera de la cocina y, una vez desplegado el papel que Abuelita había colocado encima, se lo quedó mirando con cierta reserva. Era una receta, y si bien la ortografía era la de Abuelita, las letras eran tan gruesas, y casi tan tiesas, como ramas. Su mano se moría por tirar la receta a la basura, pero Lillian vaciló conforme sus ojos se posaron en la primera línea de instrucciones.

«Busca tu varita mágica», decía. Lillian se detuvo.

—Bueno, está bien —dijo. Acercó una silla a la encimera de la cocina y, encaramándose a ella, estiró el brazo hacia la balda superior del armario para sacar la cajita roja de latón donde guardaba sus más valiosas posesiones.

La varita estaba casi al fondo, debajo de su primera entrada de cine y de la réplica en miniatura de un puente veneciano que su padre le había regalado poco antes de su marcha, dejando atrás solamente dinero y el olor de su cuerpo en las sábanas, el cual desaparecería mucho antes de que Lillian aprendiera a hacer la colada. Debajo de la varita estaba una vieja fotografía de su madre con Lillian de bebé en brazos, los ojos de su madre fijos en la cámara, su sonrisa tan grande y seductora y asombrosa como cualquier tarta de chocolate que a Lillian se le pudiese ocurrir preparar.

Lillian contempló la fotografía durante un buen rato, luego se bajó de la silla, la varita en la mano derecha, y cogió la receta.

* * *

«Pon leche en un cazo. Usa leche de verdad, de la espesa.»

Abuelita siempre se quejaba de las niñas del colegio de Lillian que no querían probar sus tamales, o que pedían enchiladas sin nata agria y luego retiraban cuidadosamente el queso gratinado.

—Esas flacuchas —solía decir Abuelita con desdén— se creen que se atrae a las abejas con un palo.

«Prepara rizos de mondadura de naranja. Resérvalos.»

Lillian sonrió. Su rizador descascarador era para ella lo que un par de zapatos rojos de aguja es para algunas mujeres: un derroche frívolo, reservado únicamente para las fiestas, pero, ay, tan bonitos. El día que Lillian encontró el pequeño utensilio en un mercadillo casero un año atrás, se lo llevó a Abuelita, el rostro iluminado. Por aquel entonces, ni siquiera sabía para qué servía, sólo supo que adoraba su fino mango de acero inoxidable, el curioso pedazo de metal del extremo, con sus cinco recatados agujeritos, el borde curvado en torno a cada abertura como el volante de una combinación. El rizador se usaba en contadas ocasiones, de modo que emplearlo sabía a vacaciones.

Lillian cogió la naranja, se la llevó a la nariz y aspiró. Olía a sol y a manos pringosas, a hojas verdes brillantes y a cielo azul y despejado. Un campo de frutales en algún lugar —¿California? ¿Florida?—, sus padres mirándose por encima de la cabeza de ella, su madre tendiéndole un fruto anaranjado, más grande de lo que las manos de Lillian podían sostener, riendo, diciéndole «de aquí es de donde vienen las fruterías».

Ahora Lillian cogió el rizador y lo deslizó sobre la superficie redondeada del fruto y obtuvo cinco largos rizos naranjas de piel, dejando la amarga piel blanca debajo.

«Parte la canela por la mitad.»

La rama de canela era ligera, enrollada sobre sí misma como un frágil rollo de papiro. De rama tenía poco, recordó Lillian al observarla de cerca, más bien parecía corteza, el punto de encuentro entre dentro y fuera. Se resquebrajó al romperla, liberando una fragancia, en parte picante, en parte dulce, que le irritó los ojos y la nariz, y le hizo sentir un hormigueo en la lengua aun sin haberla probado.

«Añade a la leche la piel de naranja y la canela. Ralla el chocolate.»

La compacta pastilla redonda de chocolate iba en un envoltorio de plástico de rayas rojas y amarillas, y se le apareció brillante y oscura al abrirla. El chocolate sonaba con aspereza al rozar la parte más fina del rallador y caía en suaves nubes sobre la encimera, liberando un perfume de cuartos trasteros polvorientos repletos de chocolate amargo y viejas cartas de amor, de cajones de escritorios antiguos y de las últimas hojas de otoño, de almendras y canela y azúcar.

Lo añadió a la leche.

«Añade anís.»

En la bolsita que Abuelita le había dado encontró un diminuto montoncito de la especia molida. Reposaba en su interior silenciosa, discreta, del color de la arena mojada. Deshizo el lazo atado a la parte superior de la bolsita y unos alegres remolinos de cálido oro y regaliz danzaron hasta su nariz, portando con ellos kilómetros de desiertos remotos y un cielo oscuro, sin estrellas, una añoranza que pudo sentir contra los párpados, en las puntas de los dedos. Mientras dejaba la bolsita de nuevo sobre la encimera, Lillian supo que aquella especia tenía muchos más años que ella.

—¿De verdad, Abuelita? —preguntó al aire.

«Sólo una pizca. Déjalo cocer a fuego lento hasta que quede bien trabado. Sabrás cuándo está listo.»

Lillian encendió el fuego al mínimo. Se acercó a la nevera, sacó la nata para montar y puso la batidora a máxima potencia, comprobando de tanto en tanto el cazo. Al rato, vio cómo las motas de chocolate desaparecían en la leche, fundiéndose, tornándose más espesas, más cremosas, formando un todo en lugar de un mucho.

«Emplea tu varita.»

Lillian cogió la varita e hizo rodar el mango entre las palmas de sus manos, pensativa. Agarró el fino palo central con decisión e introdujo el extremo crestado en el cazo. Haciendo rodar la varita de adelante hacia atrás entre las palmas de las manos, hizo girar los surcos por el líquido, formando ondas de leche y chocolate en el cazo, creando burbujas en la superficie.

—Abracadabra —dijo—. Por favor.

«Ahora se lo añades al café de tu madre.»

Una de las tareas vitales que su madre no había abandonado por los libros era la de preparar café; siempre había una jarra de café caliente sobre la encimera, tan imprescindible como un abrigo de lana. Lillian sirvió café en la taza de su madre hasta la mitad, y a continuación añadió el chocolate con leche, colando las mondaduras de naranja y la canela para que el líquido resultara homogéneo al contacto con la lengua.

«Corónalo con nata montada, para que resulte más suave. Dáselo a tu madre.»

—¿Qué es ese olor tan increíble? —preguntó su madre cuando Lillian entró en el salón con la taza.

—Magia —dijo Lillian.

Su madre aceptó la taza y se la llevó a los labios, soplando suavemente sobre la superficie, mientras el vapor se elevaba en una espiral hasta su nariz. Sorbió con cautela, casi intrigada, a la vez que sus ojos abandonaban el libro y miraban a un punto lejano, y el rostro se le sonrosaba levemente. Cuando hubo terminado, le tendió la taza a Lillian.

—¿Dónde has aprendido a preparar esto? —dijo, se reclinó y cerró los ojos.

* * *

—Es maravilloso —dijo Abuelita al día siguiente cuando Lillian hubo acabado de relatarle lo ocurrido—. Has conseguido que recuerde su vida. Ahora sólo tiene que recuperarla. *Esa* receta —dijo Abuelita respondiendo a la mirada interrogante de Lillian— debe ser de tu propia cosecha. Darás con ella, ya verás —continuó—. Eres cocinera. Es un don que le debes a tu madre.

Lillian arqueó una ceja con escepticismo. Abuelita la miró de hito en hito, levemente divertida.

—A veces, nena, nuestras mejores cualidades surgen de lo que no se nos ha dado.

Dos días después, Lillian se dirigió a casa directamente después de clase. El tiempo había cambiado durante la noche y, al salir del colegio, Lillian notó el aire límpido y un tanto crispado. Echó a andar con brío, acomodándose al aire que la rodeaba. Vivía en las afueras, donde una casa aún podía levantarse junto a un pequeño jardín, y donde las huertas caseras perduraban como recuerdos de granjas de mayores dimensiones desaparecidas no hacía tanto tiempo. Le gustaba una en particular, una parcela plantada de manzanos, retorcidos e inclinados, que crecían unos contra otros como viejos amigos. El dueño era tan viejo como sus árboles y ya no podía atenderlos. Al pie de los árboles, la hierba crecía a su antojo, y la hiedra empezaba a trepar por sus troncos. Pero las manzanas, aparentemente no enteradas de la fragilidad de su origen, crecían orondas y crujientes y dulces; año tras año, Lillian aguardaba con anhelo su llegada, al igual que la sonrisa con la que el anciano se las tendía desde el otro lado de la valla.

Al pasar, vio al anciano entre los árboles y lo llamó. Él se volvió y miró hacia ella forzando la vista, los ojos entornados. Saludó con la mano, se giró y estiró el brazo hacia la copa de uno de los árboles, comprobando el estado de una manzana primero y luego de otra. Cuando estuvo satisfecho, anduvo hasta ella, con una manzana en cada mano.

—Toma —dijo, y le tendió ambas manzanas—. Para que degustes el sabor de la nueva estación.

* * *

El cielo empezaba a oscurecer cuando Lillian llegó a casa, y el aire frío la acompañó al franquear la entrada. Su madre estaba sentada en la silla de siempre, en el salón, y sostenía un libro bajo el círculo de luz que proyectaba la lámpara de pie.

—Te he traído una cosa, mamá —dijo Lillian, y colocó una de las manzanas en la mano de su madre.

Su madre tomó la manzana y presionó distraídamente la superficie suave y fría contra su mejilla.

—Es como el otoño —comentó, y le dio un mordisco. El cortante y dulce sonido del crujido llenó el aire como una repentina explosión de aplausos y Lillian se echó a reír al oírlo. Su madre la miró, sonriendo por el sonido, y sus ojos se encontraron con los de su hija.

—Vaya, Lillian —dijo, su voz rizada con sorpresa—, sí que has crecido.

Claire

Desde luego, pensó Claire, hay salidas que una debe sin duda practicar por adelantado. Estaba a la puerta de casa, con su marido y sus hijos; su hija de tres años agarrada a su pierna como un pulpo con huesos, el bebé llorando enrabietado a la vez que trataba de trepar por encima del hombro de James para lanzarse sobre su madre.

—¿Qué hago si no quiere tomarse el biberón? —James apartó las manitas mientras trataban de buscar un asidero en su nariz.

—Dale el conejito. —Conejito, conejito, conejito mágico, con las puntas de las orejas perfectas para encajar en la boca de un bebé y una piel tan suave como los pétalos de una flor.

—¿El conejito? Pensaba que era la cobijita.

—Eso era hace unas semanas. —Claire se agachó y empezó a liberarse de los dedos de su hija—. Ahora es el conejito.

—¿Adónde vas, mami? —le preguntó su hija, atenazando los dedos—. Está oscuro ahí afuera.

—Mami sólo va a salir un ratito —le dijo Claire tratando de calmarla.

—No te vayas —dijo su hija, y se echó a llorar. El bebé, furioso por la interrupción, subió el volumen.

—Lucy, mami va a aprender a cocinar —interpuso James por encima del escándalo—. Será divertido.

—Pero la crema de cacahuete no se... cocina.

—Oh, pero es que mami va a aprender a cocinar tallarines y pan y cosas ricas, y puede que hasta pescado —añadió James con entusiasmo.

Claire se agarrotó. El miedo a la oscuridad de Lucy sólo habían conseguido mitigárselo recientemente con la adquisición de una simpática bandada de pececitos tetra que surcaban las aguas iluminadas de un acuario junto a su cama.

—¿MAMI VA A COCINAR PESCADO?

—No, no, claro que no —la tranquilizó Claire, refugiándose en su propia ignorancia, porque, a decir verdad, ni ella misma lo sabía. La clase de cocina ni siquiera había sido idea suya; era un regalo de su madre y aún no sabía muy bien si la ofendía o la intrigaba.

Lucy levantó la vista para mirarla, dudando de si creer a su madre o no, y Claire aprovechó que su hija bajaba la guardia para soltarse y correr hasta el coche. Sin dejar de decir adiós con la mano con un gesto de sincera jovialidad, condujo hasta el final de la manzana y entonces echó el coche hacia la acera, temblando.

—Puedes hacerlo —se dijo—. Tienes una carrera universitaria. Puedes dejar tu casa e ir a clases de cocina. —Olió algo y se miró la camisa. El bebé le había regurgitado en el cuello. Echó mano a un pañuelo arrugado de papel tirado en el asiento del copiloto, lo mojó con saliva y se restregó la mancha.

* * *

La clase de cocina era en un restaurante llamado Lillian's, en la calle principal de la ciudad, donde se alzaba, casi oculto, al fondo de un jardín donde crecían, frondosos, cerezos centenarios, rosales, y los tallos retorcidos y las matas mullidas de plantas aromáticas. Encajonado entre la pulcra arquitectura de un banco y el cine de la localidad, el restaurante parecía fuera de lugar, un intervalo de colores rutilantes y de suaves curvas en movimiento, como una aventura amorosa en el curso de una vida, por lo demás, ordenada. Los viandantes a menudo extendían el brazo para pasar la mano por encima de los arbustos de lavanda que se asomaban en frondosa rebeldía por encima de la verja de hierro forjado, y cuyo suave y polvoriento perfume persistía en sus dedos hasta muchas horas después.

Quienes franqueaban la verja y seguían el sinuoso camino de ladrillo que cruzaba el jardín descubrían una casa Arts & Crafts, cuyas estancias principales habían sido transformadas en un comedor. En total, no había más de diez mesas, la personalidad de cada una de ellas definida por los elementos arquitectónicos más próximos: una se acurrucaba junto a un mirador, otra charlaba alegremente en compañía de una librería empotrada. Unas tenían vistas al jardín; otras, en cambio, escondidas como secretos en los oscuros rincones resguardados del salón, mantenían concentrada la atención de sus ocupantes dentro del cuadrilátero que formaban los lados de la mesa.

En el exterior, una hilera de sillas macizas de madera aguardaba en el porche delantero la afluencia excesiva de clientes. Las sillas estaban ocupadas siempre, no sólo debido a la comida, sino más bien al aparente regodeo, casi perverso, con el que el personal evitaba en todo momento meter prisa a la clientela. Al primero en llegar se le servía el primero. Y se le servía, y servía, murmuraban algunos parroquianos al observar la extensión de la lista de espera; pero siempre se quedaban, acomodándose en las hondas sillas con una copa de vino tinto, hasta que la espera se convertía en un evento social en sí mismo, y los grupos de dos se dilataban en reuniones de cuatro y seis, lo que, evidentemente, no aceleraba el asunto ni mucho menos.

Así era como funcionaban las cosas en Lillian's: nada salía nunca del todo como uno lo había planeado. La carta cambiaba sin previo aviso, desconcertando a los incondicionales de lo bueno conocido, quienes al final, no obstante, admitían que la comida que habían acabado comiendo era, en cierta forma, justo lo que buscaban. Y por mucho que la iluminación tenue del restaurante le otorgase un aura de tranquilidad, y su carta infinita de vinos pareciese confeccionada para ocasiones especiales, lo cierto es que las veladas, por cuidadosamente orquestadas que estuviesen, a menudo tomaban derroteros sorprendentes: una proposición de matrimonio que viraba en ruptura dejando a ambas partes atónitas y aliviadas, una cena de trabajo que desembocaba en una apasionada sesión de manoseo junto a los contenedores de reciclaje de la parte de atrás.

Claire había estado en el restaurante en dos ocasiones: la primera, casi ocho años antes, con un hombre de éxito, el cual captaría, en el pelo dorado lacio y brillante de Claire y en su cara con forma de corazón, un instante que no había experimentado hasta entonces. En el transcurso de varias semanas, sus apariciones ante la ventanilla que ella atendía en el banco se habían vuelto tan frecuentes que Nancy, la encargada de emitir cheques de viaje en la ventanilla contigua, comentó que más le valía pedirle una cita a Claire antes de que lo nombraran empleado honorario del banco. Claire, quien por entonces empezaba a creer que su relación más apasionada era la que mantenía con su proveedor de telefonía móvil, fue la encargada de dar el primer paso, apoyando su mano sobre los billetes conforme los pasaba bajo el cristal que la separaba de su pretendiente.

Resultó ser, así lo reconocería Claire, un hombre encantador, erudito y muy al tanto de lo que ocurría en el mundo; durante la cena pidió el vino con el aire de confianza de quien invita a un viejo amigo a la mesa. Y, sin embargo, le resultaba extraño. Su pescado estaba cocinado a la perfección —Claire lo supo porque él le ofreció un bocado, inclinándose sobre la mesa como si alcanzar su boca hubiese sido el último reto en la gran aventura de su vida—, pero el olor a pescado se quedó pegado a él después, haciéndole recordar a Claire las noches que pasara bajo los pantalanes de la playa durante su adolescencia con chicos de los que ya no se acordaba ni deseaba acordarse. Cuando, acabada la cena, él intentó besarla en la calle, ella reparó en un coche de nuevo modelo y se volvió rápidamente para señalarlo.

Su segunda visita al restaurante de Lillian se produciría dos años después, con James. Claire vaciló, recordando la debacle de la cita del pescado, pero para entonces estaba tan encaprichada con James que no le importó. El anillo que James le dio aquella noche, antes incluso de que les hubiesen servido el vino o la comida, se deslizó en su dedo como sus manos acariciando su piel. Brindaron con agua y bebieron el champán después, en la cama.

* * *

Esa noche, el restaurante estaba a oscuras. Claire dudó si no se habría equivocado de día, después de todo. Quizá se había perdido la clase y podía volver a casa por fin. James iba a necesitar que le echaran una mano con el bebé. Sabía por experiencia que estaría llorando sin parar durante horas, rechazando los biberones de leche extraída, con el aire de incredulidad de un pasajero VIP al que le dijeran que tiene que volar en clase turista. Y entre tanto escándalo, era más que probable que se olvidaran de la niña, y Claire recordó de repente el interés que Lucy mostraba últimamente por los cortes de pelo.

A su espalda, al otro lado de la verja, Claire oyó a unas personas hablar mientras caminaban hacia el cine. Miró por encima del hombro y observó cómo pasaban de largo. Cuando volvió de nuevo la cabeza, vio el resplandor de una luz que provenía de la parte de atrás del restaurante e iluminaba un estrecho camino empedrado que bordeaba el edificio.

La verja crujió a su espalda y una pareja de más edad se acercó hasta donde estaba ella.

—¿Vas a entrar tú también? —preguntó sonriendo la mujer.

—Sí —dijo Claire, y echó a andar con tiento sobre las piedras en dirección a la puerta trasera.

* * *

La cocina fue como un estallido de luz después de la oscuridad del jardín. Una encimera de acero inoxidable recorría el perímetro de la estancia, pesadas cacerolas de hierro para hervir pasta colgaban de unos ganchos junto a sartenes de cobre, en tanto que los cuchillos aparecían pegados a listones magnéticos a lo largo de las paredes como espadas en una armería. Se estaba formando una fila junto al cavernoso fregadero metálico, donde otros alumnos ya se lavaban las manos: una chica, medio niña medio mujer, con los ojos perfilados de negro, un hombre con gafas y pelo color arena.

Cuando le llegó el turno, Claire se lavó las manos concienzudamente, el jabón formando pompas y espuma entre sus dedos. Dudó si debía lavarse o no hasta los codos, igual que los cirujanos, pero la fila crecía a su espalda. Claire se secó las manos con un trozo de papel de cocina y se fue hasta el cubo de la basura, donde el hombre mayor con quien había coincidido en el jardín la saludó con un ademán.

—¿Me permites? —le dijo sonriendo, a la vez que extendía la mano hacia el hombro de ella. Claire le miró intrigada—. No es nada, un poco de papel de cocina y ya está —señaló cepillándole con destreza el cuello de la camisa—. A mi esposa le pasa constantemente, tenemos cuatro nietos. —Tiró el papel de cocina al cubo de la basura y le tendió la mano—. Soy Carl.

* * *

Los alumnos empezaron a ocupar las sillas, dispuestas en dos hileras de cuatro frente a una mesa alargada con un espejo suspendido sobre ella. Carl y su mujer fueron a ocupar las del extremo opuesto de la segunda fila; Claire dio un paso hacia ellos, pero entonces una bonita mujer de tez aceitunada y unos ojos del color del chocolate fundido fue a sentarse vacilantemente junto a ellos. En la silla de al lado de ella, casi oculto en una esquina de la cocina, estaba sentado un hombre cuya tristeza parecía habérsele pegado a la camisa.

Claire tomó asiento en primera fila, junto a una mujer mayor, de aspecto frágil, pelo plateado y brillantes ojos azules, cuyos dedos jugueteaban distraídamente con un bolígrafo morado. Desde su sitio, Claire paseó la mirada por sus compañeros, buscando personalidades, relaciones. Carl y su mujer iban juntos, pero le pareció que el resto de sillas estaban ocupadas por personas aparentemente separadas de sus parejas —o en algunos casos, se diría más bien que parecían no haberlas tenido una nunca—.

Mientras observaba, le dio por pensar que no sabía nada de aquellas personas, y que a ellas les pasaría otro tanto con respecto a ella. Una sensación de extrañeza la embargó. Le costaba recordar la última vez que había ido a algún sitio sin sus hijos, o sin su marido. Y las pocas ocasiones en las que se había dado esa circunstancia, quienes la acompañaban la conocían como parte de un núcleo familiar, un papel tan indisociable de su identidad como podían serlo el color de su pelo o la forma de sus manos. ¿Cuándo había sido la última vez que había estado en un lugar donde nadie sabía quién era ella?

Trató de imaginar lo que su familia estaría haciendo en casa, si el bebé se habría tomado el biberón, si James estaría acariciándole la espalda a Lucy mientras ésta se quedaba dormida. ¿Se acordaría de dibujar círculos en su espalda en la dirección de las manillas del reloj? ¿Sabría que el bebé siempre se destapa y regresaría a su habitación para arroparle?

Qué extraño, pensó. Toda esa gente la miraba y pensaría que estaba sola, ella, que no se separaba de sus pequeños ni en sueños.

* * *

—Soy Lillian. Bienvenidos a la Escuela de Ingredientes Esenciales. —La mujer miraba a los alumnos desde detrás de la mesa de madera. Sus ojos desprendían calma, y su pelo, liso y oscuro, lo llevaba prendido desgarbadamente en la nuca; Claire calculó que tendría unos treinta y cinco años, sólo unos pocos más que ella. Mientras Lillian seguía hablando, Claire observó los delicados movimientos de sus manos entre los utensilios y cazuelas de la mesa, como harían las manos de una madre jugando con los rizos de su retoño.

—La primera pregunta que me hacen siempre es cuáles son los ingredientes esenciales. —Lillian hizo una pausa y sonrió—. De modo que os diré, para empezar, que no hay una lista y que nunca he tenido una. Tampoco doy recetas. Lo único que puedo decir es que aprenderéis lo que necesitáis, y que sois muy libres de anotar cuanto se os venga a la cabeza en el transcurso de las clases.

»Nos reuniremos una vez al mes, los lunes, que es cuando el restaurante cierra. Estáis invitados a venir al restaurante cualquier otra noche de la semana y aprender, comiendo, lo que otros cocinan, pero el primer lunes del mes la cocina es vuestra.

»¿Están listos? —La clase asintió obedientemente—. Entonces, creo que empezaremos por el principio. —Lillian dio media vuelta y se dirigió a la puerta trasera. Salió, dejando entrar un soplo de aire, y regresó cargada con una caja grande de corcho blanco. Claire escuchó cómo su contenido emitía unos suaves chasquidos. Miró la caja, y luego a su alrededor. Detrás de ella, Carl sonrió y le susurró algo a su mujer, quien asintió.

—Cangrejos —dijo Lillian.

La mujer mayor de ojos azules se inclinó hacia Claire.

—Vaya, esto sí que es empezar a lo grande —comentó secamente.

Lillian retiró la tapa y sacó uno de los bichos. Tenía la concha de color de sangre seca, y unos ojillos negros diminutos clavados en la arista de delante. Sus antenas vibraron, en busca de información, y sus pinzas delanteras no dejaban de moverse, ridículamente desproporcionadas con respecto a su tamaño y a la situación, conforme buscaba aire en un océano de oxígeno.

—¿Es que vamos a matarlos? —preguntó la chica del perfilador negro.

—Sí, Chloe, así es. Ésa es la primera lección y la más esencial. —La expresión de Lillian era de sosiego y tranquilidad—. Piénsalo —continuó—, cada vez que preparamos un alimento interrumpimos un ciclo vital. Arrancamos una zanahoria o matamos un cangrejo; o simplemente detenemos la formación de moho en una cuña de queso. Elaboramos comidas con esos ingredientes y, al hacerlo, damos vida a otra cosa. Es una ecuación básica, y, si pretendemos que no existe, entonces es muy probable que pasemos por alto otra lección importantísima, que es la de respetar las dos partes de la ecuación. De modo que empezaremos por aquí.

»¿Alguien ha pescado cangrejos alguna vez? —preguntó Lillian dirigiéndose a todo el grupo. En la fila de atrás, Carl levantó la mano—. Entonces ya lo sabes. —Lillian le miró asintiendo—. Existe una normativa sobre qué cangrejos se pueden pescar. Aquí en el Noroeste, el caparazón del cangrejo debe tener un ancho mínimo de quince centímetros y sólo se pueden conservar los machos; se les reconoce por el triángulo estrecho del abdomen, que en el caso de las hembras es más ancho.

—¿Por qué sólo los machos? —preguntó el hombre del pelo color arena.

—Las hembras son las criadoras —contestó Lillian—. Y siempre hay que cuidar de las criadoras. —Su sonrisa aterrizó, por una milésima de segundo, en Claire. Claire se miró de reojo el cuello, que estaba limpio—. Prosigamos. A la hora de decidir qué ingredientes voy a combinar, me gusta pensar en el elemento central del plato. ¿Qué sabores requiere? Por eso quiero que piensen en cangrejos. Cierren los ojos. ¿Qué les viene a la mente?

Claire cerró obedientemente los párpados, sintiendo cómo las pestañas le rozaban la piel. Pensó en los finos pelos de los costados del cuerpo de un cangrejo, en la forma en que se movían en el agua. Pensó en las afiladas aristas de las patas, abriéndose camino por la arena del ondulado fondo marino, en el agua tan omnipresente que tenía tanto de aire como de líquido.

—Sal —dijo en voz alta, sorprendiéndose a sí misma.

—Muy bien, sigue —la animó Lillian—. ¿Qué podemos hacer para contrarrestar o intensificar el sabor?

—Ajo —añadió Carl—, y quizá un poco de guindilla picada.

—Y mantequilla —dijo Chloe—, mucha mantequilla.

Se produjo un murmullo generalizado de aprecio.

—Perfecto —dijo Lillian—, vamos entonces a dividirnos en grupos para que aprendan con las manos.

* * *

El grupo en el que estaba Claire se situó junto a una de las grandes tarjas metálicas. Cuatro cangrejos correteaban de un lado a otro, estremeciéndose sus antenas cada vez que topaban con la dura superficie.

El hombre del pelo color arena se acercó a la tarja y se situó junto a Claire. Ella levantó la vista y vio que él la miraba, sonriendo. Se quedó paralizada de sorpresa al reconocer una expresión de evaluación casual que se había vuelto visible de pronto debido a una larga ausencia. Y Claire se preguntó cuándo habría sido la última vez que le había ocurrido algo semejante.

Encontrarse aquí era tan extraño, pensó. No hacía ni una hora estaba con sus hijos; el olor de su champú, de su piel, mezclándose con el suyo hasta convertirse en su propio perfume. Se había sentado en la butaca roja del salón, dando el pecho a su hijo y leyéndole a su hija, que se había acurrucado junto a ella y se había puesto a jugar con los botones de la manga de su camisa.

No la habían tocado tanto en toda su vida, jamás hasta entonces había sentido el roce de tanta piel contra la suya. Pero desde que era madre sentía como si su cuerpo se hubiese vuelto invisible para todos salvo sus hijos. ¿Cuándo había sido la última vez que un desconocido la había mirado como si fuese... el qué? Una posibilidad.

Recordó cómo era cuando estaba embarazada, custodiando el estremecido secreto del bebé en su seno. Embargada por su sensualidad, dulce y pesada como el aire tropical. Sus caderas, que se ensanchaban para acomodar el creciente tamaño del bebé, se contoneaban al caminar y su piel sentía cada textura, cada caricia, hasta que ansiaba la llegada a casa de James cada noche.

Pero conforme la piel de su tripa se fue estirando y expandiendo desarrolló una nueva identidad. «¿Puedo?», le preguntaban los desconocidos, extendiendo la mano, como si su tripa fuera un amuleto que cambiaría su suerte, su vida. Y ella hubiese querido decirles: «Lo que me pides es tocarme a *mí*». Pero comprendió que, ni mucho menos, era eso lo que pedían.

Luego, después de nacer los niños, fue como si nadie pudiese ver otra cosa que el pelo suave, las redondeadas mejillas de los bebés que sostenía en los brazos. Se convirtió en el marco de esa fotografía que eran su hijo y su hija. Lo cual, por otra parte, le parecía muy bien, pensó Claire; los bebés eran preciosos y ella estaba más que dispuesta a olvidar su propio cuerpo, que se había hinchado y encogido y sobre el que, de todas formas, poco podía hacer por falta de tiempo. Cuando los hombres le sonreían, su sonrisa era franca y bondadosa, exenta de esperanza o interés.

—Estás fuera de la circulación, bonita —le había dicho su hermana mayor—, así que ya puedes ir acostumbrándote.

James era el único que la veía aún con los mismos ojos; quería la vida amorosa que compartían antes de que llegaran los pequeños, no entendía por qué, al finalizar el día, ella le rechazaba. Cuando la reclamaba, después de que ella hubiese arrullado al bebé hasta dejarlo dormido y estuviese, por fin, a punto de darse una ducha para poner término al día, sólo se le ocurría pensar: «¿Y ahora tú también?». No se lo podía decir; hubiese sido tremendo, pero él parecía intuirlo de todas formas y, pasado un rato, se daba por vencido.

Mientras estaba allí de pie, junto a la tabla de picar, Claire se dio cuenta de que era la primera vez en años que un hombre desconocido se fijaba en ella. Y aunque no era para tirar cohetes —pensó irónicamente a la vez que reparaba en cómo los ojos del hombre del pelo color arena se desviaban para posarse, como paralizados de puro éxtasis, en la mujer de tez aceitunada y ojos café—, era emocionante sentirse visible de nuevo, volver a formar parte de las criadoras. Hasta ese momento pensaba que lo tenía superado, que las necesidades de los dos cuerpecitos de sus hijos satisfacían las suyas por completo.

* * *

—¿Cómo van por aquí? —Lillian se acercó a Carl, junto al fregadero.

—Listos para poner el agua a hervir —dijo el hombre del pelo color arena.

—Ya sé que mucha gente lo hace con agua hirviendo, pero yo prefiero otra manera —explicó Lillian—. Aunque es más duro para ti, el cangrejo lo agradece, y la carne tiene un sabor más delicado si se limpia antes de cocerse. —Lillian metió una mano en la pila y, con suma delicadeza, agarró por detrás uno de los crustáceos, que empezó a sacudir las pinzas como un borracho a cámara lenta. Colocó al cangrejo boca abajo sobre la tabla de cortar—. Si escogen este método, es mejor, tanto para ustedes como para el cangrejo, hacerlo con decisión. —Colocó dos dedos sobre el caparazón durante un silencioso instante, luego aferró sus largos y finos dedos a la parte posterior del caparazón y dio un rápido tirón, como un carpintero que desgajara un listón de madera de un tejado. La blindada caperuza se desprendió y el cangrejo quedó abierto sobre la madera, exhibiendo en sus entrañas una mezcla de gris y amarillo oscuro—. Y ahora —dijo—, se coge un cuchillo afilado —tomó una pesada hacha de carnicero de hoja cuadrada— y se hace esto. —El hacha descendió con un golpe cortante, y el cuerpo del cangrejo quedó partido en dos trozos simétricos, mientras las patas se movían débilmente. Claire miraba con ojos como platos—. No se preocupen —dijo Lillian al tiempo que recogía cuidadosamente los restos y se acercaba al fregadero—, el cangrejo ya está muerto.

—Pues no estaría mal que se lo contásemos a sus patas —comentó Carl sonriendo con condescendencia ante la expresión de Claire.

Lillian dejó correr el agua delicadamente por las entrañas del cangrejo, frotando con los dedos la masa amarilla y gris.

—¿Qué…? —dijo Claire señalando los trocitos grises en forma de hoz que ahora caían al fondo de la pila.

—Son los pulmones —contestó Lillian—. Hasta se podría decir que son bonitos. Parecen pequeños pétalos de magnolia.

»Para que la carne embeba la salsa, hay que romper la cáscara de las patas —añadió Lillian—. Y queda mejor si hacéis así. —Volvió a la tabla de cortar con el cangrejo y cogió de nuevo el hacha de carnicero; hizo un corte rápido y decisivo entre cada una de las patas, partiendo el cangrejo en diez trozos, y a continuación, sirviéndose de una de las caras del hacha, los fue aplastando con un firme movimiento de vaivén—. Ya sé —dijo Lillian—, que es mucha información de golpe. Pero lo que estamos haciendo tiene la virtud de ser honesto, no se trata de abrir una lata y pretender que la carne de cangrejo se puede obtener, así, como por arte de magia. Además, yo creo que cuando uno es honesto con lo que hace, es más fácil cosechar la admiración y el respeto de los demás.

»Ahora les toca a ustedes.

El hombre con el pelo color arena miró a Claire.

—Soy Ian —se ofreció—. Si prefieres limpiar, yo puedo encargarme de esta parte. Si es que te pone nerviosa, claro.

Claire miró más allá de Ian y vio que la mujer de Carl ya tenía un cangrejo en la mano y se disponía a colocarlo sobre la tabla de cortar. Las dos mujeres intercambiaron miradas. La mujer de Carl asintió y, con un gesto de arrojo, agarró la parte inferior del caparazón y lo arrancó de un tirón. Miró a Claire.

—Puedes hacerlo —dijo.

Claire se volvió hacia Ian.

—Gracias, pero no —contestó—. Voy a intentarlo yo solita.

Se acercó al fregadero y cogió un cangrejo. Pesaba menos de lo que imaginaba, el vientre insólitamente blando y frágil. Respiró hondo y lo colocó sobre la tabla de carnicero, mirando hacia la pared. Cerró los ojos y deslizó los dedos debajo del reborde del caparazón. El filo era nudoso y frío al tacto. Agarró el caparazón y dio un tirón. Nada. Apretó los dientes para vencer el pensamiento de lo que estaba haciendo y volvió a tirar. Con un ruido desgarrador, el caparazón se desgajó.

—Pásame el hacha —le dijo a Ian. De un porrazo, partió el cangrejo en dos. Volvió al fregadero, las manos temblorosas.

* * *

Los pétalos coriáceos de los pulmones del cangrejo se desprendieron entre los dedos de Claire y desaparecieron arrastrados por el agua fría. Junto al fregadero, Claire notaba que le temblaba todo el cuerpo y aún —rebatiendo la idea que ella tenía sobre sí misma— estaba profundamente emocionada. Era como saltar desde el trampolín más alto aun estando convencida de que no sería capaz, zambullirse en el agua fría y sentirla azotar la piel caliente. Claire la cajera de banco, Claire la madre, no habría matado un cangrejo jamás. Pero era evidente, pensó Claire, que en los últimos tiempos era muchas cosas en las que no se reconocía.

¿Cuándo, exactamente, se había convertido en una tabla separadora en su propia cama?, se preguntaba. No lo sabía. Aunque, no, eso no era del todo verdad; lo sabía muy bien. La primera vez que tomó a su hija en los brazos y sus cuerpos se acurrucaron. La cuadragésimo cuarta vez que leyó *Buenas noches, Luna;* la mañana que James le tocó los senos y medio en broma le dijo a su hijo recién nacido: «Recuerda, éstos son míos», y ella se había preguntado si aquellos senos, cuyo peso firme y voluptuoso le había agradado sostener en sus manos, habrían dejado de ser suyos de una forma u otra.

¿Cómo iba a explicarle a James cómo era; él que salía de casa todas las mañanas y cortaba el lazo físico con sus hijos con la aparente facilidad de quien se quita los zapatos? Él seguía aparte —condición que ella contemplaba con ira o envidia, según los días— y ella no.

Cuando por la noche notaba que James se daba media vuelta en la cama, resignado, tan pesado como una losa de piedra, le entraban ganas de gritarle que sí, que se acordaba. Se acordaba de observar la boca de James mucho antes de saber su nombre, imaginando que acariciaba con su dedo la suave curva superior de sus orejas, que recorría con su lengua las crestas y valles de sus nudillos. Recordaba la impresión del primer beso, por mucho que ambos supiesen desde días antes que llegaría, acercándose el uno al otro muy despacio hasta que pareció que nada los separaba y, sin embargo, los cogió por sorpresa, cómo cambió su vida de repente, cómo supo desde el primer momento que haría lo que fuera antes de tener que retirar sus labios, su lengua, su cuerpo de los de James, cuyas curvas y ritmos se solaparon a los suyos de tal modo que acabó por no importarles el hecho de que se encontrasen a la puerta del apartamento de ella y de que ella tuviera las llaves en la mano, treinta segundos eran demasiados para parar.

Recordaba sus largos dedos deslizándose por debajo de su cintura mientras bailaban en la boda de la hermana pequeña de Claire. El jardín de atrás con los aspersores en marcha y los vecinos celebrando una fiesta en la casa de al lado, cómo habían rodado los dos hasta que ella estuvo encima de él, el agua salpicándole el pelo. Aquellas interminables mañanas de invierno en la cama, mientras la luz grisácea clareaba lentamente y James acariciaba su vientre hinchado y le juraba que era la mujer más atractiva que había visto jamás. Se acordaba, claro que se acordaba. Eran los recuerdos que, en los últimos tiempos, revivía mentalmente para conciliar el sueño, mucho después de que la respiración de él anunciara que ya podía descansar.

La cuestión no era solamente que ahora fuese madre, o que necesitara un par de conjuntos de buena lencería, que era lo que su hermana pequeña le había recomendado. Se dio cuenta, allí, junto a la pila, que al rememorar aquellas escenas en su cabeza lo que intentaba era encontrar a alguien que había perdido, y no era James. James seguía siendo el mismo.

* * *

—Yo creo que eso ya está limpio. —La mujer de Carl estaba junto a ella—. Por cierto, soy Helen.

—Yo, Claire.

—Dice Carl que tienes niños.

—Sí, una niña de tres y un niño de meses. —Claire, ensimismada en sus pensamientos sobre James, recordó a sus hijos sobresaltada.

—Vaya, ésa es una edad interesante —dijo Helen con tacto.

—Sí —repuso Claire, e hizo una pausa. Algo en la expresión de Helen, la naturalidad, cierta disposición a escuchar, hicieron que se sintiese más segura—. Los adoro —dijo—. Pero a veces me pregunto...

—¿Quién eres sin ellos? —apunto Helen sonriendo con dulzura.

—Sí —contestó Claire agradecida.

Regresaron juntas a la tabla de cortar, Claire con el cangrejo en las manos. Helen se detuvo un instante.

—¿Sabes qué? Me gustaría preguntarte una cosa que me preguntó una amiga una vez, si no te parece demasiado personal, claro.

—¿Qué?

—¿Qué haces que te haga feliz? A ti sola.

Claire miró a Helen un instante y pensó, el cangrejo sobre la tabla, bajo sus manos.

—Era sólo curiosidad —continuó Helen—. Nadie me lo preguntó cuando yo tenía tu edad, y creo que es algo sobre lo que merece la pena pensar.

Claire asintió. Luego agarró el hacha de carnicero y despedazó el cangrejo en diez trozos.

* * *

¿Qué hacía que la hiciese feliz? La pregunta implicaba acción, un propósito consciente. Eran muchas cosas las que hacía todos los días, y muchas la hacían feliz, pero estaba segura de que ésa no era la cuestión. Ni tampoco la única. Porque, a fin de hacer conscientemente algo que le haga a uno feliz, antes es necesario saber quién es uno. E intentar descifrar eso en los últimos tiempos era, para Claire, como pescar en un lago una noche sin luna: imposible saber qué sacaría del agua.

La mañana del parto de Lucy, Claire estaba en el jardín, regando los rosales con la manguera, una contracción por rosal, diez minutos, cinco. Al principio, los dolores habían sido lentos y cálidos, como los espasmos de la menstruación. Era un domingo fabuloso y por todas partes, a su alrededor, había gente atareada en sus respectivos jardines, los cortadores de césped zumbando en previsión de futuras barbacoas al aire libre y jarras de sangría dominical.

Se sentía completa y totalmente ella, una mujer a punto de dar a luz.

Conforme fueron pasando las horas, las contracciones se volvieron más intensas. Cuando llegaron al hospital, el ritmo cambió y las enfermeras se movían con rápida precisión, colocándole los monitores y enchufándola a las máquinas. Todo era frío y gris, a excepción del dolor, que empezó a taladrarla, más y más, ahogándola. No paraba de pensar que las oleadas se apaciguarían o le darían un momento de tregua, pero no, prosiguieron una tras otra hasta que no tuvo más opción que dejarse llevar, hundirse con la esperanza de poder respirar al otro lado, pero no había aire, no había salida, sólo un quiero y no puedo desesperado hasta que al final sintió que algo en lo más profundo de sus entrañas —nada físico ni emocional, ella y sólo ella— se partía en pedazos. Y en los brazos de aquella persona destrozada que otrora fuera Claire, colocaron un bebé y brotó un amor de ella, de entre los pedazos, que ella jamás habría concebido como posible.

Recordaba haber pensado, después, mientras acunaba a su hija recién nacida en la fresca penumbra de la habitación del hospital, que lo único que necesitaba era un momento de tregua y que entonces podría recoger sus pedazos y colocarlos de nuevo en su lugar. No sería difícil. Pero ese momento de tregua no llegaría jamás, perdido para siempre entre tomas, coladas y el convencimiento, recién hallado, de que cualquier necesidad suya quedaba espontáneamente relegada a un segundo lugar, después de las de su hija. Con el tiempo, los pedazos encontraron nuevos lugares donde encajar, no donde siempre estuvieron sino donde cabían, hasta conformar una persona en la que apenas se reconocía. Aquella persona no es que le agradara precisamente, y le dejaba atónita que James no pudiera o quisiera darse cuenta y estuviera dispuesto a acostarse con alguien que no era ella en realidad. Era —y no sabía cómo podría nunca explicárselo— como si la engañase con otra.

* * *

Una vez limpios los cangrejos, Lillian les explicó que los asarían al horno.

—Prepararemos una salsa y la carne la asimilará a través de las grietas de la cáscara. La mejor forma de comerlos es con las manos.

La clase volvió a ocupar sus puestos en las sillas de cara a la mesa, en el centro de la cocina. Lillian sacó los ingredientes: tiras de mantequilla, montoncitos de cebolla picada y jengibre y ajo picados, una botella de vino blanco, pimienta, limones.

—Empezaremos por derretir la mantequilla —explicó—, y luego añadiremos la cebolla y la dejaremos que se sofría hasta que esté transparente. —La clase escuchó el leve crepitar de la cebolla al contactar con la superficie caliente—. Pero hay que evitar a toda costa que la mantequilla se tueste —advirtió Lillian— porque si no sabrá a quemado.

Cuando la cebolla empezó a desaparecer en la mantequilla, Lillian se apresuró a añadir el jengibre picado, un nuevo aroma, con su parte de beso y su parte de simpático cachete. Luego, el ajo, un mullido y cálido cojín por debajo del jengibre, seguido de la sal y la pimienta.

—Pueden añadir un poco de guindilla picada, si queréis —dijo Lillian—, y más o menos cantidad de jengibre y del resto de ingredientes, dependiendo de cómo andéis de estado de ánimo o del que queráis crear. Y ahora —prosiguió— embadurnaremos de salsa los cangrejos y los asaremos al horno.

»Carl, ¿me echas una mano? —Lillian tendió una botella de vino blanco a Carl, el cual sacó el corcho con la destreza de quien lleva muchos años de celebraciones y cenas a su espalda—. El vino blanco casa a la perfección con el cangrejo.

Lillian sirvió el vino en copas y, dirigiéndose a Claire, dijo:

—¿Te importaría ir pasándolas?

Una a una, Claire repartió las copas entre los miembros de la clase: Carl y Helen, Ian, la mujer de los bonitos ojos café, el joven de aire tristón, Chloe la del perfilador negro, la mujer de pelo plateado, que le sonrió distraídamente como si la conociese. Claire regresó a su asiento.

—Ahora lo que quiero —dijo Lillian— es que se relajen. Escuchen. No se muevan. Huelan el cambio en el aire conforme se hace el cangrejo. No se preocupen, ya tendrán tiempo de conocerlos más tarde; ahora lo que quiero es que se concentren en sus sentidos.

Claire cerró los ojos. En torno a ella, la estancia fue quedando en silencio conforme los alumnos dejaban sus cuadernos en el suelo y se arrellanaban cómodamente en sus sillas. La respiración de Claire se hizo más profunda, llenando sus pulmones, ralentizando su corazón. Sintió que se le relajaban los omóplatos y con ellos la espalda, a la vez que levantaba el mentón, como si de ese modo facilitase la entrada de aire por la nariz. La fragancia de los ingredientes calentándose surcó la estancia, impregnando su piel, aromas suaves e intrigantes a un tiempo, como el perezoso cosquilleo que produce un dedo al recorrer la cara interior del brazo. Al llevarse la copa a los labios, el vino blanco borró el resto de sensaciones en una oleada pura y fresca, si bien tan sólo para dejar que surgieran de nuevo.

—He calentado un poco de vino con zumo fresco de limón —señaló Lillian—, para añadirlo en el último momento. —Claire notó el calor del horno al abrirse y cerrarse la puerta, oyó el chisporrotear de la salsa sobre los cangrejos, sintió que los sabores se volvían más intensos y cambiaban conforme Lillian añadía aquellos dos nuevos elementos, frescos y naturales.

—Muy bien, ya pueden abrir los ojos. Vengan a probar. —Claire se levantó y se acercó a la mesa junto con los demás. Apretados todos, rozándose levemente hombro contra hombro, alargando las manos hacia la rustidera, cogiendo tímidamente porciones de cangrejo y depositándolas en los platitos que Lillian tenía preparados.

—Esto está increíble, Carl —oyó Claire que exclamaba a su lado Helen en voz baja—. Prueba un poco. —Helen llevó sus dedos chorreantes hasta la boca de Carl y le ofreció un bocado. Luego se volvió hacia Claire.

—¿Lo has probado ya?

Claire sacudió la cabeza.

—Está ardiendo.

Helen arrancó con destreza un trozo de carne del caparazón. Sonrió al reparar en la expresión de asombro de Claire.

—Dedos de asbesto, querida. Son muchos años sacando palitos de pescado del horno. Alguna ventaja había de tener. Venga, deja de darle vueltas y come.

—Hmmm —respondió Claire, y se llevó el trozo de cangrejo a la boca, cerrando los ojos una vez más, despegándose de cuanto la rodeaba. La carne tocó su lengua y el sabor la recorrió de arriba abajo, suculento y sabroso y complicado, denso como un beso largo y profundo. Dio otro bocado y sintió que sus pies se clavaban al suelo en tanto que el resto de ella se diluía en un torrente de jengibre y ajo y limón y vino. Se quedó allí plantada, aun después de aquel bocado, y del siguiente y del siguiente, sintiendo cómo el río se abría camino, sinuoso, hasta las puntas de los dedos, de los pies, el vientre, la base de la espalda, y fundía todos sus pedazos en algo cálido y dorado. Respiró hondo, y en ese instante único de tregua sintió que volvía a ser la misma otra vez.

Muy despacio, Claire abrió los ojos.

Carl

C arl y Helen acudían juntos a clase de cocina.
Eran una de esas parejas nacidas aparentemente en estrecha proximidad el uno del otro, gemelos de origen no biológico. No había nada físico que avalara esta sensación; él era alto y más bien delgado, el pelo de un blanco asombroso y ojos azul claro, en tanto que Helen era más bajita, más redondeada, de sonrisa desprendida para con el resto de alumnos de la clase, exhibiendo fotografías de sus nietos, con ese saber natural de que el hielo ha de romperse y de que los niños lo hacen mejor que casi nada. Y sin embargo, aun encontrándose en extremos opuestos de la habitación, uno pensaba en ellos como si estuvieran de pie el uno al lado del otro, sus cabezas asintiendo con determinación en respuesta a lo que fuera que se dijera o hiciera.

No era habitual ver una pareja en la escuela de cocina de Lillian; las clases eran lo bastante caras como para que la mayoría de parejas designara un emisario, un explorador a lo Marco Polo que, en una suerte de misión marital, había de regresar con nuevas especias, nuevos trucos para dar un vuelco a sus comidas o sus vidas. Como delegados electos, solían acudir con unos objetivos claramente definidos —cenas de plato único para familias ajetreadas, una salsa infalible para la pasta—, socavados ocasionalmente por la persistencia en la lengua de la sabrosa solidez de un queso fresco de cabra o un bistec macerado en vino tinto durante días. La vida en casa raramente volvía a ser la misma después.

Cuando una pareja acudía a clase, significaba algo totalmente distinto: la comida como solución, entretenimiento u, ocasionalmente, como diversión. A Lillian siempre le picaba la curiosidad. ¿Se repartirían las tareas o las irían pasando uno al otro? ¿Se tocaban mientras preparaban la comida? Lillian se preguntaba a veces por qué los psicólogos se centraban tanto en la vida de alcoba de las parejas. Se puede saber todo lo que hay que saber sobre una pareja con sólo observar la coreografía en la cocina mientras preparan la cena.

En el remolino de salutaciones previo a la clase, Carl y Helen permanecieron a un lado de la estancia, observando a los que les rodeaban, cogidos de la mano delicadamente. El rostro de ella era terso y contrastaba radicalmente con su pelo blanco; a su lado, él parecía aún más alto, los ojos tiernos tras las gafas de montura metálica. En su posición no se palpaba distanciamiento, ningún deseo aparente de aislamiento; parecían existir en un remanso de calma que atraía a los demás, mujeres primero, hacia ellos.

—Oh, no —rió Helen, mientras charlaba con la joven de tez aceitunada y enormes ojos café que se les había acercado—, no hemos ido a clases de cocina antes. Es que nos pareció divertido.

Lillian pidió entonces a la clase que se sentara, y Carl y Helen escogieron dos sillas de la segunda fila, pegadas a las ventanas. Helen sacó un bloc y un fino bolígrafo de color azul.

—Con Helen aquí no hace falta que yo tome notas —le dijo Carl en voz baja a la joven, que les había seguido vacilantemente hasta allí—. Mi mujer es la escritora de la familia.

* * *

Helen estaba escribiendo cuando Carl la conoció por primera vez cuarenta y cinco años antes, sentada en el patio central de la facultad, entre cerezos que se deshojaban en fabulosas rachas níveas. Es más, siempre que contaba la historia Carl decía que Helen no estaba escribiendo, más bien estaba pensando qué escribir, mordiéndose el labio como animando a las palabras a que franqueasen sus dientes.

—Entonces, ¿eres escritora? —le había dicho él, sentándose a su lado en el banco de hormigón, deseando que sus palabras de introducción superasen con mucho el abominable «¿Cuál es tu especialidad?». Ella le miró atentamente durante un buen rato, tiempo suficiente para que él llegara a la conclusión de que no había conseguido puntos por su originalidad. Resultaba, después de todo, que la chica sí era escritora, si es que ser escritor conlleva observar el mundo desde el apacible refugio de la mente. Tragó saliva y aguardó, reacio a irse, aunque resuelto a no volver a tentar la suerte con su elocuencia.

Ella cerró el bolígrafo con un clic y le miró a los ojos.

—La verdad —dijo—, creo que preferiría ser un libro.

Y cuando él hubo asentido, como si su declaración fuera la más lógica del mundo, ella sonrió, y Carl supo que habitaría en ese momento el resto de su vida.

* * *

—¿Qué toca esta noche? —preguntó Claire desde la primera fila. Carl observó que Claire estaba echada hacia delante con avidez; algo en ella parecía diferente esa noche —¿un corte de pelo? ¿la ropa?—. Helen seguro lo sabría, si se lo preguntaba, pero ésta sólo prestaba atención a Lillian.

Ante ella, la mesa aparecía vacía de ingredientes; una batidora, una espátula de goma y varias ensaladeras era todo cuanto podía ver la clase reflejado en el espejo suspendido sobre la mesa.

—Bueno —Lillian los miró con ojos divertidos—, el estreno del otro día fue un tanto dramático, así que se merecen un premio por haber mostrado tanto espíritu deportivo. Además, el otoño ya se está haciendo notar y parece que es un buen momento para darse un capricho. Ahora quiero que me digan qué se les viene a la cabeza al oír la palabra «tarta».

—Chocolate.

—Glaseado.

—Velas.

—Tarta de cordero —dijo Ian.

—¿Tarta de cordero? —preguntó Lillian sonriendo—. ¿Y eso, Ian?

Ian miró a su alrededor y observó que los demás aguardaban, intrigados.

—Bueno, mi padre la preparaba siempre para Pascua. Una tarta de bizcocho en forma de cordero, con glaseado blanco y virutas de coco. —Hizo una pausa, y prosiguió aceleradamente—. Yo odiaba el coco, y pensaba que era una tradición ridícula, pero al mudarme al colegio mayor no podía dejar de pensar en que me iba a perder la tarta de cordero. Y entonces, como una semana después de Pascua, recibí un paquete acolchado de mi padre. En el interior había algo así como una hamburguesa glaseada. Así que llamé por teléfono a mi padre y ¿saben qué me dijo? «Bueno, hijo, es que te echamos de menos, así que decidí enviarte el trasero.»

Los demás se echaron a reír, y después la habitación quedó en silencio, esperando a la siguiente anécdota. La mujer que estaba sentada junto a Carl y su mujer se removió ligeramente en la silla.

—Adelante, Antonia —la animó Lillian, y la joven se decidió a hablar, su acento pesado y cálido como el sol.

—En Italia, de pequeña, vivíamos encima de una pastelería. Todas las mañanas, el aroma del pan cociéndose en el horno ascendía por las escaleras y se colaba por debajo de la puerta de casa. Cuando volvía del colegio, las vitrinas estaban repletas de tartas pequeñas, aunque siempre eran finas y planas, nada del otro mundo. Pero, a veces, en la parte de atrás, estaban preparando una grande, para una boda. —Se reclinó en la silla, sonriendo ante el recuerdo.

—Me acuerdo de mi tarta de boda —dijo Claire—. Estaba hambrienta; no habíamos comido en todo el día. Allí estaba aquella increíble tarta —capas de chocolate y nata montada y todos esos ador-

nos de espeso y homogéneo glaseado— y nosotros
secuestrados posando para el fotógrafo. Le dije a mi
marido que me moría de hambre y él cogió un tenedor y así, sin más, lo clavó en un lateral de la tarta y
me ofreció un bocado. Mi madre y el fotógrafo se
pusieron como locos, pero yo siempre le digo a James
que ése fue el momento en el que me casé con él.

Carl y Helen se miraron a los ojos, compar-
tiendo una broma en silencio.

—¿De qué fue su tarta de boda, Carl? —preguntó Lillian.

Carl sonrió.

—De pastelillos de chocolate rellenos de nata.

Todos se volvieron en sus sillas para mirarle.

—Bueno, Helen y yo no andábamos muy bo-
yantes, ni siquiera regresamos a casa para celebrar
la boda con la familia. Nos fuimos al juzgado de paz
después de los exámenes finales de primavera y pasamos la luna de miel en un viejo hotelito costero
en el norte de California. La única tienda que en-
contramos abierta en el pueblo fue una gasolinera y
sólo tenían pastelillos Ding Dongs, que por aquel
entonces se llamaban Big Wheels, y unos perritos
calientes todos pasados y arrugados.

—Nos fuimos con nuestros pastelillos a la playa —añadió Helen— y Carl buscó unos palitos que
empleó de pilares y así construyó una tarta nupcial
de pisos. Una auténtica preciosidad.

—Incluso conservamos el piso superior para nuestro primer aniversario, justo como manda la tradición —concluyó Carl—, ni siquiera hizo falta congelarlo. —Los dos se echaron a reír, junto con el resto de la clase.

—Pues, entonces —dijo Lillian—, creo que esta noche deberíamos hacerles a Carl y Helen una tarta.

La clase asintió hambrienta.

—¿Cómo la quieren? —preguntó Lillian dirigiéndose a Helen y Carl.

—De bizcocho glaseado, blanca nada más —dijo Helen con decisión—. Por el color de nuestro pelo. —Tomó la mano de Carl y sonrió.

* * *

Helen no estaba disponible aquel día de los cerezos en flor cuando Carl se sentó a su lado; y no lo estaría hasta mucho tiempo después. A Carl no le importaba esperar, si bien no tenía intención alguna de que resultara una experiencia pasiva. Se apuntó al grupo de debate, del cual Helen era miembro fervoroso y que se le presentaba como la mejor opción posible enfrentado al club de lectura del campus o al equipo femenino de fútbol en los que Helen ocupaba el resto de su tiempo libre. El novio de Helen del momento estaba también metido en el grupo de debate, y a Carl le resultó más interesante la perspectiva de un desafío directo.

Al final descubrió que le gustaba el grupo de debate; se convirtió en un analista meticuloso y tenaz, con argumentos fundamentados en razones irrebatibles, y una fe ciega en que lo que defendía era lo correcto que le ayudó a superar cualquier reparo que, al principio, pudo tener sobre hablar en público y que, no mucho tiempo después, le llevó a contradecir a Helen en medio de un debate figurado. Ella se quedó callada, atónita, y le miró detenidamente. Luego sonrió de oreja a oreja.

Una noche de octubre, al entrar en el salón donde se celebraba el Baile de Otoño, Carl divisó a Helen a un lado de la sala, charlando con tres amigas. Su vestido azul oscuro se arremolinaba de cintura para abajo, prendido del corpiño. Su pelo le caía sobre los hombros en cascada. Empezó la música y las amigas de Helen se alejaron presas de sus respectivos pretendientes. Helen permaneció donde estaba, mirándolas.

—¿Dónde anda el señor Grupo de Debate? —preguntó Carl cuando llegó a su altura.

—Está fuera de la ciudad. Eso me ha dicho. —Helen no apartó la mirada de las parejas que bailaban, su expresión imperturbable.

—¿Te apetece practicar unos pasos conmigo? —preguntó Carl despreocupadamente. Helen se le quedó mirando, en sus ojos un interrogante descartado al instante, y se adentró en el arco de sus brazos.

A él le asombró lo fácil que resultaba, después de tan larga espera, pasar su mano derecha por la espalda de ella y sentir cómo sus dedos encajaban a la perfección en la curva de su cintura, sentir cómo los dedos de ella se deslizaban por la palma de su mano izquierda, para enseguida detenerse delicadamente en su lugar. Ella le seguía los pasos como agua y los pies de Carl se movían como si fuera otro bailarín, mucho más experimentado, el que diese las órdenes. Sin pensarlo, la estrechó contra él un tanto y ella no se resistió, tan sólo ladeó levemente la frente hacia el hombro de él. Carl podía sentir su calidez, y su cabello olía a canela.

Cuando hubo concluido el baile, la mantuvo pegada a él, la mano de ella en la suya como si de una flor se tratara. Ella echó la cabeza ligeramente hacia atrás para mirarle.

—Bienvenida a casa —le dijo. Ella sonrió, y él se inclinó para besarla.

* * *

—Yo creo que una tarta se parece mucho a un matrimonio —empezó Lillian, a la vez que sacaba huevos, leche y mantequilla de la nevera y, a continuación, los colocaba sobre la mesa—. Admito que no tengo mucha experiencia que se diga —resaltó Lillian mostrando su mano izquierda exenta de anillo con cierta expresión de ironía en el rostro—, pero siempre he pensado que a las parejas les vendría muy bien preparar ellas mismas su tarta nupcial, como parte de la preparación para su vida juntos. Es probable que al final descendiera el número de matrimonios —sonrió—, pero estoy convencida de que los que sí lo hicieran lo abordarían de otra forma.

Se agachó para acceder a los cajones de debajo de la mesa y sacó sendos botes de harina y azúcar, y una cajita de bicarbonato.

—Bien, cocinar es siempre una cuestión de preferencias, se añade un poco más de esto o de aquello hasta conseguir el sabor deseado. Pero cuando se cuece algo al horno la cosa cambia. Uno debe asegurarse de que no se equivoca con las medidas de determinados ingredientes.

Lillian cogió los huevos y separó las yemas de las claras en dos pequeños cuencos azules.

—Toda tarta viene a ser, en esencia, una ecuación química; un delicado equilibrio entre aire y estructura. Si se da demasiada estructura a la tarta, se vuelve pesada. Si se le da demasiado aire se viene literalmente abajo.

»Por eso puede resultar tentador recurrir a mezclas precocinadas —los ojos de Lillian chispearon—, pero entonces se perderían todo lo que cocer una tarta puede enseñarles.

Lillian introdujo la mantequilla en el cuenco y accionó la batidora; las varillas penetraron en los blandos rectángulos amarillos. Muy despacio, en una cascada inverosímilmente fina y blanca, vertió el azúcar en el interior del cuenco.

—Así es como se le da aire a una tarta —comentó Lillian elevando la voz por encima del ruido de la máquina—. Antes de las batidoras, el proceso era verdaderamente largo. Cada burbuja de aire en la masa provenía de la energía del brazo de alguien. Ahora sólo tenemos que resistirnos a la tentación de ir más deprisa y poner la máquina a máxima potencia. Pero la masa no se los agradecería. —La cascada de azúcar cesó, y Lillian se quedó a la espera, pacientemente, con los ojos clavados en la batidora.

Las varillas continuaron girando en el cuenco, mientras la clase observaba la imagen en el espejo suspendido sobre la mesa, absorta, conforme el azúcar se encontraba y mezclaba con la mantequilla, cada ingrediente adoptando el color y la textura del otro, expandiéndose, ablandándose, conquistando los lados del cuenco con olas sedosas. Transcurrieron varios minutos, pero Lillian siguió esperando. Finalmente, cuando la mantequilla y el azúcar adquirieron una consistencia parecida a la de una nube, como la nata montada, apagó el aparato.

—*Voilá* —dijo—. Magia potagia.

* * *

Después de casarse, Carl y Helen decidieron mudarse a la costa noroeste. Helen, a la que le habían hablado de árboles altísimos y paisajes verdes que se extendían hasta más allá de donde alcanzaba la vista, dijo que estaba lista para un cambio de color. A Carl le encantó su afán aventurero y la idea de dotar de un nuevo hogar a su reciente matrimonio. Consiguió un empleo como agente de seguros, vendiendo estabilidad, así lo llamaba él, concediendo a sus clientes el lujo de dormir la noche entera, porque contaban con que pasara lo que pasase habría una red a sus pies que les detendría en la caída, en mitad del sueño.

La costa noroeste era oscura y húmeda durante buena parte del año, pero a Carl le gustaba la neblina que, como una sábana, cubría los árboles, la hierba y las casas. Era polvo de hada líquido, les contaría a sus hijos cuando llegaron, dos en rápida sucesión a partir del tercer año de casados. Los pequeños eran auténticos nativos del noroeste que levantaban el rostro hacia el cielo cargado de humedad de la misma forma que los girasoles siguen el sol. A Carl le maravillaba cómo la lluvia parecía nutrirles, mientras los observaba echar raíces en la tierra que los rodeaba.

Helen encontró la manera de que el verano irrumpiera en los meses oscuros del año, preparando conservas y congelados de la fruta cosechada de sus propios árboles en julio y agosto y empleándola luego en extravagantes recetas a lo largo del invierno: chutney de manzana para acompañar el pavo de Acción de Gracias, salsa de frambuesa sobre un bizcocho en diciembre, arándanos en las tortitas de enero. Y siempre aseguraba que los días más cortos del invierno, con sus largos intervalos de fría luz gris, invitaban a la escritura. Carl le había fabricado un pequeño escritorio de madera, que encajaba que ni pintado en el recoveco que se abría en la planta de arriba, al final de la escalera. Sin embargo, Helen siempre decía que, a la hora de escribir, ella era una velocista, componiendo a ratos en la mesa de la cocina, en la cama; aunque después de nacer los niños se abrirían ocasionalmente entre rato y rato distancias verdaderamente maratonianas.

Escribiera donde escribiese, hiciera lo que hiciese, era Helen, y el amor de Carl hacia ella era tan completo bajo la plateada luz del noroeste como lo había sido en la playa del norte de California donde pasaron su luna de miel. Helen, a su vez, llenaba la vida de él, y justo cuando menos se lo esperaba durante aquellos primeros años, se encontraba acompañando a su almuerzo. Por aquel entonces, salía temprano de trabajar.

* * *

Lillian metió un dedo en el cuenco.

—Ésta ha sido siempre para mí la fase más deliciosa de un pastel. —Se chupó el dedo con el entusiasmo de un niño—. Les dejaría probar —les provocó—, pero entonces no nos quedaría masa suficiente para el pastel.

Lillian sacó los huevos del cuenco de agua caliente.

—Bueno, ahora se añaden las yemas de huevo, poco a poco, dejando que se aireen también. —La batidora echó a dar vueltas de nuevo y el líquido entreveró la mezcla de azúcar y mantequilla hasta que las yemas hicieron que la masa se oscureciera de nuevo, tornándola más suelta y brillante.

—A partir de este momento —advirtió—, prohibido probar la masa. Es demasiado arriesgado con los huevos crudos.

* * *

Los años de la infancia de sus hijos serían como un regalo para Carl. Provenía de una familia que contemplaba el afecto con una suerte de bondadoso divertimiento intelectual, y el asombroso amor físico de sus hijos le colmó de gratitud. Aunque él y Helen hubiesen adoptado, sin hablarlo, los roles tradicionales de su generación —él salía de casa y traía el dinero, ella se encargaba del hogar y los niños—, Carl se encontró rompiendo las normas siempre que le era posible, despertándose al primer gemido del bebé y cogiéndola en brazos antes de que Helen tuviera tiempo de levantarse. Se sumergía en la calidez del frágil cuerpecito de su hija recostado contra su hombro; observaba con sobrecogimiento que un bebé, en esencia dormido aún, era capaz de aferrarse a la mantita que significaba que el mundo era seguro y amable, y le maravillaba pensar que eran él y Helen los que dotaban de este significado a la mantita, y ésta a la pequeña.

Ni siquiera le disgustarían aquellas primeras mañanas de Navidad cuando los pequeños, primero uno, y luego el otro, trepaban a la cama en la que Helen y él acababan de derrumbarse después de pasar la noche montando trenes de madera o bicicletas o casas de muñecas. Abría los brazos y ellos se acurrucaban allí dentro, intentando convencerle de que el alumbrado de la calle, afuera, era en realidad la luz del sol y que sin duda había llegado el momento de abrir los calcetines, por no decir que los regalos, cuando en realidad no eran más que las dos de la madrugada. Helen gruñía entonces de buena gana y se daba media vuelta, diciéndole a Carl que lo único que pedía por Navidad era una noche entera de descanso, y él achuchaba a los niños y les susurraba el cuento de *La noche antes de Navidad* hasta que poco a poco, uno a uno, se quedaban dormidos, sus cuerpos enredados como la colada en una cesta. Más adelante, cuando los niños fueron lo bastante autónomos para acometer sus propias misiones nocturnas de exploración entre los paquetes que se amontonaban bajo el árbol (donde, las más de las veces, se los encontraban durmiendo Carl y Helen por la mañana), Carl notó que echaba de menos aquellas cálidas intrusiones en sus sueños.

* * *

—Y llegó el momento de añadir la harina. —Lillian retiró la tapa del bote—. Yo lo veo así —comentó, colmando una cuchara y pasando por el tamiz la harina, que se precipitó como una nevada en el interior del vaso medidor grande—. La harina es como ese tipo de las películas del que no te das cuenta que es sexi hasta el final. Porque, vamos, reconózcanlo, cuando uno se reparte las tareas en la cocina ¿a quién le apetece encargarse de la harina? La mantequilla es mucho más atractiva. Pero la cuestión es que es la harina la que da consistencia al pastel.

Lillian empezó por añadir algo de harina a la mezcla, y siguió con la leche.

—Sin embargo, tiene su truco —comentó, mientras alternaba el añadido de harina y leche una vez más, antes de acabar añadiendo el resto de harina con la mano—. Si se remueve la harina demasiado tiempo con el resto de ingredientes, la tarta sale plana y dura. Sólo hay que tener un poco de cuidado, y entonces saldrá una tarta tan seductora como un susurro en el oído.

»Y ahora, un último paso —dijo. Lillian batió las claras de huevo a punto de nieve, añadiendo una pizca de azúcar al final, en tanto que la clase observaba cómo se iban formando crestas, suaves primero y rígidas después. Cuando las claras estuvieron listas, Lillian incorporó delicadamente las espumosas nubes a la mezcla, en tres tandas. Levantó la vista y miró a sus alumnos—. Hay que reservar siempre algo de magia para el final.

* * *

Carl tenía cuarenta y cuatro años cuando Helen le contó que había tenido una aventura —para entonces ya era cosa pasada, pero no podía ocultárselo durante más tiempo, eso dijo—. Aquello era lo más sobrecogedor que le había pasado nunca, una ola imprevista cuando había creído controlar los elementos que le rodeaban. Helen se sentó a la mesa de la cocina, frente a él, y se echó a llorar, y él se dio cuenta de que no tenía ni idea de quién era aquella vida en la que él había irrumpido de repente. Entonces su mente se llenó de curiosos recuerdos, no la primera vez que había besado a Helen, sino aquella vez, tiempo después, cuando él se le había acercado por la espalda, estando ella en aquella cocina diminuta, y le había rozado con los labios en la nuca.

Ella no quería dejarle, le dijo, ni tampoco que él la dejase a ella. Le amaba, siempre le había amado; era sólo que necesitaba que él lo supiera. Él se descubrió deseando que ella, la que tan bien sabía guardar un secreto navideño de sus hijos durante meses enteros sin flaquear, se hubiese guardado éste para sí; si bien no para siempre, sí durante un tiempo, admitiendo así que hay noticias que requieren cierta anticipación a fin de que su injerencia en nuestra vida sea menos dolorosa, la oportunidad de sentir el suplicio de la duda, de reparar en que el asiento del copiloto del coche está fijado en una posición que no encaja con nuestras medidas, la última taza de café del termo sin un ofrecimiento a compartir.

Fue, como Carl comentó tiempo después, una espectacular falta de imaginación por su parte. Él, que en su trabajo pisaba el futuro cada día, que ayudaba a la gente a estar preparados para el acaecimiento de desastres de toda magnitud, no había visto las señales. Helen insistió en que se debía a que sus sentimientos hacia él no habían cambiado ni un ápice, pero a él le resultaba imposible creer que eso fuera del todo cierto. Se preguntó cómo era posible que no se hubiera dado cuenta y cómo, siendo así —como, por otra parte, era más que evidente—, podría nunca volver a darse cuenta de nada. Aquella noche se acostó junto a Helen, y pensó.

Obviamente, Carl estaba al tanto de las estadísticas de divorcios. Formaba parte de su trabajo. De hecho, las estadísticas preveían que una persona tenía muchas más probabilidades de divorciarse que de tener un accidente de automóvil, padecer una muerte violenta o sufrir la tan gráfica posibilidad de «desmembramiento», lo que explicaba, quizá, por qué las aseguradoras no vendían pólizas de estabilidad conyugal. En las semanas inmediatamente posteriores a su conversación con Helen, Carl prestó más atención que de costumbre a las parejas jóvenes que le visitaban en su oficina, constatando con absoluta fascinación cómo la gente podía invertir cientos de dólares al año en una póliza que les cubriese las espaldas en caso de que alguien se resbalara en los escalones de la entrada a causa de la nieve que rara vez hacía su aparición en la región costera del noroeste, y que luego pudieran dormir tranquilos cada noche sin cobertura alguna contra la posibilidad de que al día siguiente se encontraran con que su matrimonio les había sido sustraído. Podía ser, pensaba, que la imaginación fallase cuando las posibilidades son tan obvias.

* * *

Carl dijo años después que fue su falta de imaginación, precisamente, la que salvó su matrimonio. Por poco que le costara, después de que Helen se sincerara con él, imaginarse a su mujer con otro —después de todo, sabía cuál era la bebida que pediría en caso de necesitar armarse de valor (whisky, de un trago), cuáles las historias que contaría una y otra vez sobre los niños (Mark y el conejito, Laurie aprendiendo a nadar), cómo se tocaría la punta de la nariz y hundiría la barbilla si una de sus bromas (las del otro) le hacía gracia—, por poco que le costara imaginar todo aquello, constatar cuán ordenadamente podía hilvanarse cuanto sabía de su mujer para reproducirlo en una película continua que no tenía ninguna gana de ver, no lograba imaginar cómo serían los cuarenta próximos años sin ella.

¿Qué hacer con sus largas piernas si ya no podría estirarlas para calentar su lado de la cama mientras ella se cepillaba los dientes en el baño (treinta segundos cada lado, arriba y abajo, marcando el tiempo con el pie)? Si ella se marchaba, ¿quién se dejaría los armarios abiertos? ¿Quién atraparía los fragmentos de su conversación en su viaje a través de una mesa del comedor donde se atropellaban los interminables comentarios de los niños? ¿Para qué cambiar la marcha de su viejo hay-que-deshacerse-de-este coche, si no era para tocar su mano, siempre apoyada en la palanca de marchas como si (era una broma familiar) quisiera reclamar su propiedad?

Era incapaz de imaginar, de ver, un fallo de comprensión en el más básico, y por tanto más importante, de los niveles. Decidió esperar la iluminación y con ella las directrices que le impulsarían lejos de su hogar, de su mujer, pero no llegó. Trató de llevar la reflexión más allá, pero sencillamente no pudo. Él y Helen compartían el lecho, noche tras noche, sin tocarse, se sentaban a la mesa y se informaban sobre los planes para ese día delante de un café todas las mañanas, se contaban historias sobre la oficina o los niños a la hora de cenar. Y poco a poco, en tanto que esperaba la iluminación, el día a día —una discusión con una hija o un hijo, el brote de las primeras flores de azafrán en el jardín, la desazón de Helen tras un corte de pelo, la llegada de un nuevo sofá— empezó a apilarse contra lo que no podía imaginar, hasta que el secreto que ella no había sabido guardar pasó a ser un fragmento más de sus vidas, un palito más en el nido que habían construido a base de momentos y promesas, la primera vez que la vio, la segunda vez que se pelearon, la mano de él acariciándole el pelo mientras ella amamantaba un bebé. Carl era un observador aficionado de aves; sabía que no todos los palitos de un nido están rectos.

* * *

La hermana mayor de Carl no lo comprendería. Reparó en que algo iba mal e insistió hasta que él se lo contó. Meses después, en Acción de Gracias, le encontró en la cocina limpiando la carcasa del pavo después de la cena.

—¿Durante cuánto tiempo vas a soportar esta situación? —le preguntó.

—Hicimos una promesa, hace mucho tiempo. —Los dedos de Carl hurgaban entre los huesos del pavo, despegando los restos de carne y amontonándolos en un plato junto a él. Helen lo emplearía para preparar sándwiches, sofrito de pavo y empanada durante las dos semanas siguientes, hasta que los niños se presentasen glugluteando a cenar, haciendo notar que eran los fantasmas de pavos pasados a mejor vida.

—Ella rompió la promesa, Carl. —Pero su tono era dulce.

—Tratamos de cumplirla lo más a rajatabla que podemos. —Carl miró al perro, que aguardaba pacientemente a sus pies, y dejó caer un pequeño pedazo de pavo al suelo—. El matrimonio es un salto de fe. Cada uno es la red de seguridad del otro.

—La gente cambia.

Carl se detuvo y dejó que sus dedos reposaran sobre la encimera, delante de él.

—Creo que es precisamente con eso con lo que contamos los dos.

* * *

Lillian sacó los moldes del horno y los apoyó sobre rejillas en la encimera. Las capas de bizcocho se levantaban todas igual de altas y homogéneas de los moldes; el aroma, ligeramente perfumado de vainilla, atravesó la estancia en suaves oleadas, saturando el espacio con el susurro de otras cocinas, de otros amores. Los alumnos se encontraron inclinándose hacia delante en sus sillas para absorber los olores y recuerdos que acarreaban consigo. Un bizcocho cociéndose a la hora del desayuno un día nevado sin clases, el mundo entero de vacaciones. El sonido de las bandejas de galletas chocando contra las rejillas metálicas del horno. La pastelería devenida en motivo para levantarse temprano las mañanas frías y oscuras; un cruasán recién hecho calentando la mano de una joven de camino al trabajo que nunca había pretendido tener. Navidades, San Valentines, cumpleaños, fluyendo juntos, un pastel tras otro, iluminados por ojos resplandecientes de amor.

Con un hábil y rápido movimiento, Lillian pinchó la superficie dorada de una de las capas con un palillo y lo sacó, limpio.

—Perfecto —dijo—. Podemos preparar el glaseado mientras se enfrían.

Lillian hizo una pausa para ordenar sus ideas.

—Al preparar la base de la tarta —empezó—, lo que prima es alcanzar un equilibrio entre aire y estructura. Ahora vamos a combinar tarta y glaseado y es el contraste lo que importa, el que invita a dar el segundo bocado, y el de después.

»Por eso resulta tan complicada una tarta sencilla como ésta. No se puede obtener ese contraste con el sabor, por lo menos no de forma obvia. No se tiene la opción de añadir chocolate en el glaseado ni de rellenarla con mermelada de frambuesa. Nada de fresas o ralladura de limón en la superficie o entre las capas, aunque añadirlos podría ser divertido en otra ocasión.

»Un bizcocho glaseado no tiene nada de fuegos artificiales y fanfarria: es sutil, la diferencia de textura entre el bizcocho y el glaseado al fundirse en la lengua. Es algo más difícil de elaborar —sonrió a Helen y Carl—, pero reconozco que, cuando sale bien, resulta sublime.

* * *

Sucedió un sábado por la tarde, casi dos años después de que Helen le contara a Carl lo de su aventura. Los niños estaban arreglándose para la graduación de Mark. Carl subía del sótano por las escaleras y oyó una voz hablar en francés, seguida de la voz de Helen, que repitió las mismas palabras con vacilación. Llegó a la puerta de la cocina y se asomó al interior. Helen estaba de espaldas a él, con un reproductor de casetes apoyado precariamente sobre el alféizar y los ingredientes para una tarta de chocolate dispuestos en la encimera junto a ella. Helen no había sido nunca una cocinera aseada, y la cocina en ese momento era prueba evidente de ello: harina espolvoreada sobre el suelo, formando anchas bandas blancas en su delantal, el chocolate fundido goteando todo a lo largo de la encimera.

La cinta se detuvo y Helen, absorta, no se percató. Las tartas no eran su punto fuerte, nunca lo habían sido. Las preparaba diligentemente para todos los cumpleaños y celebraciones: desinfladas, deformes, duras como piedras, crudas; Laurie siempre hablaba de la «tarta volcán» de su quinto cumpleaños. Y sin embargo, Carl sabía que Mark le había suplicado que le preparara una; la graduación era esa misma tarde y no sería una celebración en toda regla sin una tarta de Helen.

Carl permaneció en el umbral, sin moverse, observando cómo la luz vespertina se colaba por la ventana, traspasaba a Helen e iba a reposar sobre los azulejos negros y blancos del suelo, a sus pies. Miró la huella de harina de su cadera, allí donde había apoyado la mano mientras leía el siguiente paso de la receta, miró las canas que empezaban a invadir su cabellera, mechones que adoraba y sobre los que no le había dicho nada, por tanto, pues tenía la certeza de que se las arrancaría. La contempló, sin mediar palabra, y en tanto la miraba, sintió que algo en su interior se desplazaba y encajaba en su lugar, un movimiento tan ínfimo y quedo como el tictac de un reloj.

Se acercó a ella por la espalda y posó delicadamente los labios sobre su nuca. Helen se volvió y le miró a los ojos durante un largo instante, como sopesando el calado de algo en el interior de su mirada. Y entonces sonrió.

—Bienvenido a casa —dijo, y se estiró para besarle.

* * *

Reunidos en alegre compañía en torno a la mesa de madera, cada miembro de la clase trataba de llevarse a la boca las generosas porciones de tarta que llenaban sus tenedores sin perder por el camino ni una sola miga. El glaseado era una espesa crema de mantequilla, opulenta como un vestido de satén tendido sobre la textura firme y frágil del pastel. A cada bocado, el bizcocho se fundía primero, seguido del glaseado, uno después del otro, como los amantes al arrojarse sobre la cama.

—¡Oh, está delicioso! —Claire miró a Carl y Helen, que estaban en el extremo opuesto de la mesa—. No entiendo por qué le pedí a James que escogiera pastel de chocolate para nuestra boda.

—Decididamente, supera a la tarta de cordero —comentó Ian con una enorme sonrisa.

Isabelle guardaba silencio, saboreando cada bocado. Lillian se inclinó hacia ella.

—Mi reino por ese recuerdo —dijo.

—Oh, mis recuerdos se cotizan muy altos últimamente, ya sabes, es la ley de la oferta y la demanda —dijo la anciana con una risa cascada, y prosiguió—: Estaba pensando en Edward, mi marido cuando yo era joven. Tan apuesto el día de nuestra boda, tan solícito. La cosa no duró, pero ha sido agradable acordarse.

Mientras los demás charlaban, Carl y Helen permanecieron uno al lado del otro, comiendo en silencio. Ella era zurda y él diestro; mientras comían, sus manos desocupadas se encontraban y se volvían a soltar, en tanto que sus hombros se rozaban delicadamente.

Al finalizar la clase quedó un pedazo de tarta en la fuente; Lillian la envolvió en papel de aluminio y se la ofreció a Carl y Helen al salir.

—Éste es para ustedes —dijo—. Un símbolo de un matrimonio largo y feliz.

—O quizá… —Helen miró a Carl, el cual sonrió y asintió. Helen cogió el envoltorio de papel de aluminio y salió por la puerta a toda prisa. Lillian y Carl se quedaron observando mientras ella alcanzaba a Claire junto a la verja. Las dos mujeres hablaron unos instantes, luego Helen se inclinó y besó a Claire en la mejilla. Cuando Helen regresó a la cocina, tenía el rostro radiante, y las manos vacías.

Antonia

ntonia se dirigió en su automóvil hasta la dirección anotada en su libreta y frenó, atónita. En aquel barrio, un damero de tradicionales bungalós de principios de siglo y chalés de ladrillo de los años cincuenta, la vieja casa victoriana se levantaba alta y espléndida a pesar de la evidencia de los estragos del tiempo: la pintura de polvos de talco y los enmarañados arbustos de los rododendros, el canalón colgando suelto en el aire como un brazo paralizado a media brazada. Resultaba imposible contemplar la casa y no borrar los años y las casas circundantes, no imaginarla enclavada en medio de una vasta propiedad, cerniéndose sobre una larga pendiente ondulada de hierba, con vistas al agua y a las montañas, más allá. Un hogar erigido por un hombre arrebatado para una mujer a quien le había prometido el mundo.

En torno a la casa, una serie de arcos daban paso a una sucesión de parterres y pequeñas arboledas, bancos de piedra recubiertos de musgo, una pradera circular. Los jardines poco tenían que ver con su oficio de diseñadora de cocinas, pero no pudo resistirse a recorrerlos, uno tras otro, como si fueran cuentos de hadas en un adorado libro infantil, aun cuando ello supuso tener que retirarse los zapatos calados en la puerta cuando finalmente entró en la casa.

El sonido de la puerta al cerrarse a su espalda rebotó en los altos techos del vestíbulo y ascendió por la ancha escalera de madera que conducía a la planta de arriba. Observando cuanto la rodeaba, llegó a la conclusión de que sus clientes no serían los primeros que reformaban la casa. Losetas de linóleo blancas y negras ajedrezaban el pasillo del vestíbulo; el gabinete de su derecha lucía un llamativo tono fucsia. Pero en el salón, a su izquierda, divisó las finas estrías de los suelos originales de roble y un trío de miradores que enmarcaban un grupo de viejos cerezos, cuyas ramas nudosas se elevaban retorcidas hacia el cielo. Cruzó el comedor formal, a la deriva sin su mesa y sus sillas, y entró en la cocina, que era la razón de su visita.

Era una estancia de dimensiones generosas, con un mirador con espacio suficiente para alojar una mesita que parecía enclavada en el mismísimo jardín, y espacio en el centro para un gran tajo de madera cosido a cicatrices y con ese aire vetusto de quien ha ocupado ese lugar desde siempre, rey y señor del lugar. Notó que el afán de renovación de los anteriores dueños también se había extendido a la cocina. A juzgar por los armarios imitando a roble, la encimera naranja de formica y el linóleo aguacate y turquesa que vestía el suelo, Antonia intuyó que aquél era el resultado nada menos que de un brote setentero de creatividad. Con todo, los armarios se podían cambiar y los espacios eran buenos. Muy buenos.

Se acercó al tajo, recorrió los dedos cariñosamente por su ajada superficie, y miró al extremo opuesto de la cocina, donde una fabulosa chimenea de ladrillo, ennegrecida por el tiempo y el uso, ocupaba los nada despreciables tres metros hasta el techo, flanqueada a un lado por una monumental cocina de seis quemadores y al otro por un mirador con asiento que se asomaba a los bancales elevados de una yerma huerta casera. Antonia se fue hasta la chimenea, tocó el hollín delicadamente con los dedos, asomó la cabeza al hogar y respiró hondo, aguardando a que afluyeran hasta ella el olor a humo y a salchichas, el chisporroteo de la grasa al gotear sobre los leños incandescentes.

Se abrió la puerta de la entrada y escuchó las voces acuciantes de sus clientes conforme se adentraban en la casa.

—¿Antonia, estás aquí? —Susan entró en la cocina con aire decidido—. ¡Aquí estás! ¿Qué te parece la casa? ¿No es maravillosa?

Antonia asintió, enderezándose. Se limpió las manos azoradamente en la parte posterior de la pernera de sus pantalones negros y se acercó a estrecharles la mano a Susan y el que pronto se convertiría en su marido.

—O sea, ya sé que es horrorosa —rió Susan—. Habrá que reformarla de arriba abajo, naturalmente. Porque fíjate qué armarios y qué suelo, y la chimenea esa, por Dios santo, pero bueno, una vez que esté acabada habrá merecido la pena.

Antonia asintió. Siempre asentía en este estadio; en realidad no había otra opción.

—He pensado en algo minimalista, industrial. Acero inoxidable por todas partes... adoro el acero inoxidable, suelos de hormigón y armarios lacados de negro. —Las manos de Susan no paraban de gesticular y señalar aquí y allá—. Sin tiradores... detesto los tiradores, y puede que con algunos estantes exentos de metal sobre la encimera. Ya sabes, para colocar la vajilla y las cazuelas y sartenes nuevas.

Antonia esperó, pensando que quizá fuera a añadir algo más, pero aparentemente aquello era todo.

—Bueno, pues nada, te dejamos un rato para que vayas urdiendo tu magia. De todas formas,

Jeff y yo tenemos que ver cómo hacemos lo del baño principal. ¡Vamos a tener que tirar abajo el tabique de la tercera habitación para hacernos una habitación decente! —Y con otra carcajada, se esfumó.

—Es una casa bonita —le dijo Jeff a Antonia, antes de abandonar la estancia.

—Sí —contestó ella afablemente—. Lo es.

Plantada en medio de la cocina, Antonia trataba de encajar mentalmente el esbozo ideado por Susan en la cocina existente, pero el diseño rectilíneo no hacía más que tropezar con la curva del mirador, los ángulos rectos perdían pureza al topar con el poyete del ventanal, la curva contemporánea de una silla imaginaria era matizada por la chimenea, de tal forma que, a cada pasada, no lograba que el espacio diese cabida a la imagen que Susan le había transmitido.

Desde que se había instalado en Estados Unidos hacía cuatro años, cuatro años diseñando cocinas en casitas del xviii y mansiones coloniales, urbanizaciones contemporáneas y diminutas casas Tudor, ésta era la primera chimenea que se encontraba en una cocina, y se descubrió mirándola con ojos golosos como lo haría una niña con un postre que sabe que no es para ella. Antonia se había criado en una casa de piedra donde el paso de varias generaciones de familias había desgastado los escalones de arenisca, donde los olores de la cocina habían impregnado las

paredes como un adobo. Tardó años en acostum-
brarse a trabajar con casas de madera, y así y todo
no podía evitar revisar una y otra vez las habitaciones de su bungaló de alquiler cuando el viento sil-
baba con fuerza. Al comprobar, no obstante, la facilidad con que se podía derribar un tabique para
abrir una cocina al salón o al comedor, hubo de reconocer que resultaba muy atractiva esa invitación
a la creatividad inherente a las estructuras de madera; si bien esto tenía una pega, y es que alimentaba
en ella la sensación de que nada en lo que ella trabajara tenía visos de perdurar.

Y allí, ante ella, estaba aquella chimenea. Le
recordó a la cocina de su abuela, con su fogón a un
extremo y un hogar al otro, el espacio entre ambos
lo bastante largo y ancho para acomodar una mesa
de madera para doce comensales y bancos corridos
todo a lo largo de las paredes laterales de la estancia.
El espacio que su abuela tenía para cocinar era más
bien reducido —una pila diminuta, nada de lavavajillas, un trozo de encimera— pero de él emergían
tortellini rellenos de carne y nuez moscada y adere-
zados de mantequilla y salvia, tiernísimos ñoquis,
pollos asados cuyo aroma a limón y romero inundaba los callejones de la aldea, un pan devenido por sí
mismo en motivo suficiente para que los nietos sal-
taran de la cama en las mañanas frías y corrieran a la
cocina para poder acurrucarse junto al fuego y desa-

yunarse con sendos pedazos, uno en cada mano, del manjar recién salido del horno. Cuántas veces se había sentado ella, siendo una niña, junto al fuego y escuchado los sonidos de las mujeres al otro extremo de la cocina: el cadencioso golpeteo de sus cuchillos contra las tablas de madera, el estrépito de las cucharas contra los robustos cuencos de cerámica, y sus voces, siempre, adorables, litigantes, elevándose en risueñas exclamaciones o fingidos clamores al escuchar el último chisme de la aldea. Conforme avanzaba la jornada, el calor del hogar se extendía a lo largo de la cocina atraído por la calidez del fogón, hasta que la estancia entera se impregnaba del olor a humo de leña y a carne guisada a fuego lento durante horas. Y ya de muy niña, Antonia aprendió a identificar el encuentro de los dos extremos de la cocina con la hora de cenar.

Ahora, en la cocina de Susan y Jeff, Antonia sintió una punzada de nostalgia en el estómago. No se había percatado de lo intenso que era el sentimiento, de lo mucho que añoraba todo cuanto aquella chimenea, aquel machacado tajo de madera, significaban para ella: una vida en la que el lenguaje brotaba de los labios como una caricia, en la que las casas nutrían el corazón y la vista de sus moradores.

—¿Qué te parece? ¿Quedará bien? —preguntó Susan cuando entró de nuevo en la cocina, el rostro iluminado por un millar de ideas—. Quiero decir que, bueno, sí, ya sé que es pequeña, pero si lo hacemos bien, tendremos sitio de sobra para poder cocinar los dos, y…

Jeff miró a Antonia descorazonado.

—Y eso significa, naturalmente, que habrá que aprender, ¿no? —dijo.

—Anda, pues claro —exclamó Susan—. ¡En la fiesta de despedida de solteros me regalaron unos libros de cocina fantásticos!

Antonia sonrió educadamente.

—Haré unos bocetos. ¿Les parece que quedemos aquí otra vez dentro de una semana o así?

—Me parece genial. —Susan estaba ahora ocupada abriendo y cerrando armarios, y se volvió soltando una carcajada—. En serio, esto es un horror. No sabes lo encantada que estoy con que hayas captado lo que queremos.

* * *

—No sé cómo voy a hacer esto —le dijo Antonia a su jefe completamente hundida.

—¿Qué pasa? —preguntó él.

—Esa chica no quiere cocinar, quiere presumir de cocina.

—¡Vamos, ni que fuera la primera vez! Ya te has cruzado con unos cuantos de esa especie, y el resultado ha sido siempre magnífico.

—Ya, pero esta cocina… tendrías que verla. No puedo tirarla abajo.

—Ni que fuera tuya, Antonia; ellos son los clientes. Tendrás que mirarla con sus ojos. A no ser —añadió en tono provocativo— que encuentres la manera de que ellos la vean con los tuyos.

* * *

Antonia sintió un escalofrío cuando oyó a Lillian anunciar que esa noche prepararían en clase una cena de Acción de Gracias. El fin de semana había sido largo y duro; el proyecto de la cocina de Susan y Jeff seguía tan estancado como el primer día que entró en la casa; además, este año se había propuesto saltarse Acción de Gracias como fuera. Desde que estaba en Estados Unidos, todos los años, y ya iban cuatro, la habían invitado a una u otra cena de Acción de Gracias. Los estadounidenses parecían encantados de compartir sus tradiciones culturales, como si de un coche nuevo y reluciente o un recién nacido se tratara. En cada una de aquellas ocasiones, Antonia se había sentado a una mesa repleta de comida y contemplado cómo circulaban de un extremo a otro de la mesa aquellas ensaladeras del tamaño de cestas de la colada, mientras cucharones de puré de papa, de cebollas a la crema, de salsa de arándanos, de relleno de pan, de puré de boniato y pedazos de pavo iban aterrizando, uno tras otro, en un plato ya rebosante. La tradición consistía aparentemente en comer lo máximo posible antes de caer en letargo. Debía admitir que la cosa tenía cierta razón de ser, tratándose como se trataba de una festividad que celebraba la supervivencia al hambre, y si bien todos parecían disfrutar de lo lindo con aquel exceso, ella no podía evitar sentirse abochornada por toda aquella comida, embutida y revuelta como inmigrantes en un vagón de tercera clase. Ahora, en la cocina de Lillian, se dio cuenta al instante de que su expresión la delataba, y se apresuró a reprimir aquellos pensamientos.

—Es más, esta noche vamos a atrevernos con algo diferente —dijo Lillian dedicándole a Antonia una sonrisa—. Yo creo en las tradiciones, creo que nos dan solidez, igual que el esqueleto, aunque con frecuencia olvidamos lo que de verdad representan. A veces hay que mirarlas desde otra perspectiva para verlas bajo su verdadera luz.

Lillian clavó la mirada en sus rostros.

—Y bien, entonces, ¿cuál es la esencia de Acción de Gracias?

—Reunir a las personas —dijo Helen con ternura—. Todos diferentes, con vidas tan distintas, en familia.

—O como ocurre en mi casa —intervino Chloe, con una chispa de amargura en la voz—, donde lo importante es que seas igual que los demás, y si no, te concentras en comer y comer para no desentonar con el rebaño. —Chloe paseó la mirada en torno a la mesa—. Perdona, Helen.

—Bueno, pues a ver qué les parece lo que se me ha ocurrido —sugirió Lillian—. En lugar de pensar en las personas, nos concentraremos en el menú en sí, pensando que es la lista de comensales de una cena, a la que cada plato es invitado por la singularidad de su carácter, la cual, enfrentada a la de los demás invitados, consigue que la cena resulte más interesante.

»Además, quién sabe —añadió Lillian— si al tratar así la comida las personas acaban respondiendo igual. —Lillian empezó a repartir un paquete de menús, escritos en grueso papel blanco—. Esto es lo que voy a probar este año en el restaurante, y me ha parecido que sería divertido hacer con ustedes un ensayo general.

Antonia echó un vistazo al papel que le acababan de pasar y donde se podía leer lo siguiente:

CENA DE ACCIÓN DE GRACIAS
Raviolis de calabaza
Pechuga de pavo rellena con romero,
arándanos y panceta
Polenta con gorgonzola
Judías verdes con limón y piñones
Café con *biscotti* de chocolate

—Ya sé que es diferente —comentó Lillian—, pero al final verán que, en realidad, están presentes todos los ingredientes que tradicionalmente se sirven en Acción de Gracias, incluso el maíz indio original, aunque no con la presentación habitual. Veremos qué piensan sobre la tradición del día de Acción de Gracias después de esto.

»Ahora bien, esto es mucha comida, así que nos dividiremos en grupos y luego podrán comparar apuntes durante la cena. Esta vez sí les daré las recetas, aunque no sé por qué me da que las van a encontrar algo atípicas. —Los ojos de Lillian miraban divertidos—. Ian y Helen, ustedes prepararán los raviolis; Antonia e Isabelle, les toca el pavo; a ustedes, Carl y Tom, les dejo a cargo de la polenta; y Claire y Chloe, ustedes se ocuparan de los *biscotti.* Ya tienen las recetas junto con los ingredientes necesarios dispuestos por puestos de trabajo, y pueden recurrir a mí si tienen alguna pregunta.

Dicho esto, Lillian abrió el horno y sacó una rodaja asada de calabaza, cuya agua chisporroteaba en la base de la bandeja.

—Ah, una cosa más —añadió Lillian—. Esta noche cenaremos por partes, un plato a la vez, según vayan estando preparados. Ya saben, en una velada es esencial que todos los invitados se sientan debidamente agasajados.

* * *

Antonia e Isabelle ocuparon sus puestos ante su sección de encimera, el algodonoso pelo blanco y ojos azul pálido de Isabelle hacían que el pelo oscuro y la tez aceitunada de Antonia parecieran más oscuros y vibrantes. En la encimera ante ellas una brillante pechuga de pavo, tallos verde oscuro de romero, dientes de ajo de blanco cremoso, arrugados arándanos secos, lonchas de panceta blanca y rosada, sal, pimienta, aceite de oliva.

—Si vamos a cocinar juntas —comentó Isabelle a modo de introducción— debes saber antes que últimamente ando algo perdida.

Las manos de Antonia dejaron de manipular los ingredientes. Miró a Isabelle en silencio.

—¿Cómo? ¿No sabes por dónde empezar? —dijo con tono suave.

—No, no —contestó Isabelle—. Es sólo que no siempre estoy segura de por dónde ando. Los recuerdos hacen que tengas los pies en la tierra, ¿sabes? Y yo —tocó los arándanos secos con la punta del dedo— ando un poco por las nubes últimamente.

Antonia cogió un tallo de romero y se lo acercó a Isabelle a la nariz.

—Huele —la animó.

Isabelle respiró hondo y su rostro se iluminó como una bonita mañana.

—Grecia. —La palabra brotó con un suspiro—. Mi luna de miel. Unos setos de romero bordeaban el camino que subía hasta nuestra casita de piedra. El jardinero los podó una mañana y luego nosotros pasamos horas haciendo el amor envueltos en ese aroma. —Isabelle se detuvo, apurada, y miró a Antonia.

—Qué bonito —dijo Antonia.

—Sí, pero será mejor que te encargues tú del cuchillo, querida —respondió Isabelle. Cogió el papel que Lillian les había entregado y se echó a reír—. Viniendo de Lillian, la receta es que no podría ser de otra manera.

En el papel se podía leer: «Picar los ingredientes lo necesario. Extender la pechuga y aderezarla por dentro y por fuera, a su antojo. Hacer un paquete. Enviarlo».

—Yo creo que con esto nos las podremos arreglar —dijo Antonia.

Picó las hierbas y el ajo, realizando cortes rápidos y delicados con el afilado cuchillo, y el aire a su alrededor se impregnó de olor a bosque y a tierra y a sol abrasador. Isabelle dispuso la pechuga de pavo abierta sobre la tabla y, empezando por el centro, deslizó el cuchillo en la carne, cortando en paralelo a la tabla y hacia afuera, abriendo cada sección, de forma que la pechuga quedó finamente extendida, como un libro. Isabelle salpimentó aquel manto de pavo, y a continuación lo espolvoreó con diminutos trocitos de ajo y romero. Las dos mujeres se quedaron mirando los arándanos.

—Yo creo... —empezó Isabelle.

—Les falta algo —corroboró Antonia.

—¿Jerez?

—Lillian ha dicho que jugáramos con la tradición, ¿no?

Sacaron una botella de la despensa y, tras verter un poco en un platito, añadieron los arándanos secos. Ambas contemplaron cómo las bayas se hinchaban y ablandaban conforme absorbían el líquido.

—Ahora dejaremos que reposen un rato —dijo Isabelle, mojando un dedo en la mezcla para probarla.

»Veladas con amigos —dijo—, tomando una copita de jerez antes de cenar. Mi marido se traía a su secretaria.

—Lo siento. —Antonia apoyó su mano en la muñeca de Isabelle.

—Qué pena que no podamos escoger los recuerdos que olvidamos —comentó Isabelle—. Hubo un escultor, tiempo después, pero ahora me cuesta traerlo a la memoria...

—Quédate aquí, vuelvo enseguida. —Antonia cruzó la cocina y se acercó a Ian y Helen, que estaban preparando la masa de los raviolis—. ¿Les importa si tomo una pizca de esto? —preguntó señalando a la bola de masa, tan blanda y espolvoreada de harina.

Ian la miró confundido. Helen, en cambio, sonrió.

—Pues claro, querida. Toma todo lo que quieras.

Antonia regresó con su botín al lado de Isabelle, y prensó delicadamente la masa sobre la encimera hasta que ésta adquirió una forma ovalada, plana y suave.

—Dame —dijo, y tomando en su mano los dedos de Isabelle, los guió por encima de la superficie de la pasta—, quizá esto te ayude a recordar.

Los ojos de Isabelle se iluminaron de un azul intenso.

—Gracias —dijo y permaneció callada durante un momento.

Escurrieron el jerez teñido de rojo de los arándanos, probando el licor al tiempo. Isabelle depositó las hinchadas bayas como un largo collar de rubíes sobre el romero y el ajo, y Antonia se encargó de echarle un fino chorrito de aceite de oliva, antes de cubrirlo todo con lonchas translúcidas de panceta rosada y blanca. Entre las dos, liaron la pechuga con las puntas de los dedos y añadieron una capa extra de aderezo y panceta en el exterior. Hecho esto, Antonia sujetó la carne mientras Isabelle la ataba con cordel blanco de algodón.

—Échale la culpa al jerez —comentó Isabelle, contemplando su obra. Envolvieron en papel de aluminio el pavo, que quedó como un regalo, y lo metieron en el horno.

—Enhorabuena —dijo Lillian, ofreciéndoles una copa de espumoso prosecco—. Ahora que han acabado con el cuchillo, disfruten de una copa. La pasta está casi lista. Vengan a echarme una mano en el comedor.

* * *

Lillian había juntado algunas de las mesas cuadradas más pequeñas para montar en el centro del comedor del restaurante una larga mesa rectangular, con un mantel extendido sobre ella como un campo de nieve almidonado. Isabelle dobló en triángulos perfectos las servilletas del mismo grueso tejido y las dispuso marcando el lugar de cada comensal; luego colocó la cubertería y la vajilla de color blanco. Antonia encendió con una cerilla las velas dispuestas a todo lo largo de la mesa, cuyo fulgor amarillo se reflejó en los cristales irregulares de las viejas ventanas.

Entraron entonces los demás, que emergieron de la cocina liderados por Ian y Helen, que portaban con expresión triunfante una gran fuente humeante. Ian se encargó de sostener la fuente mientras Helen servía con sumo cuidado en cada uno de los blancos platos cinco paquetitos de raviolis, tan finos como el papel, con los bordes fruncidos y la superficie tocada de mantequilla derretida y rociada de chalota y nueces picadas, como el arroz en una boda.

Cada uno ocupó su lugar a la mesa.

—Feliz Día de Acción de Gracias a todos —dijo Lillian levantando la copa.

Se quedaron mirándose los unos a los otros durante unos instantes. El aroma de los platos se elevó junto con los últimos vestigios de vapor, la mantequilla liberando el murmullo de las chalotas y las nueces. Antonia se llevó un poco a la boca. Un fugaz crujido de nuez y la pasta se rindió dócilmente a los dientes, la calabaza se fundió en su lengua, caliente y densa, con un leve y sabroso gustillo a nuez moscada. Era como regresar al hogar, y se relajó en la silla suspirando de felicidad. Paseó la mirada por la mesa, preguntándose en qué estarían pensando los demás, observándoles comer despacio, y más despacio aún, concentrados por completo en los sabores que paladeaban, ajenos a cuanto les rodeaba. Entonces su mirada se cruzó con la de Ian.

—¿Te gustan? —le preguntó ella—. Los raviolis, digo.

—Están más que buenos —contestó él encantado—. No puedo creer que Helen y yo hayamos hecho esto.

—¡Oye, tú! —les interrumpió Helen con una carcajada desde dos sillas más allá.

—Ya sabes a lo que me refiero —respondió Ian. Hizo una pausa, y se volvió de nuevo hacia Antonia—. Tú comes siempre así de bien, ¿verdad?

—No... —titubeó ella.

—Sí, seguro que sí —atajó él rápidamente—, o por lo menos lo hacías. Lo digo porque explicaría muchas cosas.

—¿Qué?

—Pues la razón de que seas... —Ian dio marcha atrás—, da lo mismo.

—Te está diciendo que eres guapa —dijo Isabelle como quien no quiere la cosa, y se llevó el tenedor a la boca.

—Ahh... —Antonia bajó los ojos con una sonrisita.

* * *

El pavo emergió del horno, el jugo siseando en el interior del envoltorio metálico.

—Ven —le dijo Antonia a Isabelle—, acércate. —Abrió el papel arrugado e Isabelle aspiró por la nariz conforme el vapor acariciaba su rostro.

—Navidad —dijo Isabelle—. Mi abuela siempre preparaba la cena con ingredientes que ella misma cultivaba, todo menos el pavo; eso se lo suministraba un vecino. Me encantaba pasear por su jardín después de la cena; parecía tan lleno de vida, incluso en invierno. Ella siempre decía que el romero medra en los jardines de las mujeres fuertes. Y sus arbustos de romero eran tan altos cómo árboles.

Dejaron que el pavo se acabara de hacer fuera del horno y se acercaron a observar lo que hacían los demás. Chloe y Claire charlaban alegremente, arropadas por el reconfortante olor del chocolate. Habían sacado del horno lo que aparentaba ser una larga y fina hogaza de reluciente bizcocho y la estaban cortando en rebanadas, que iban colocando de lado sobre una placa de horno, donde, como por arte de magia, se transformaron de pronto en tradicionales *biscotti* ovalados.

Junto a ellas, Carl y Tom conferenciaban asomados a la cazuela de polenta, que burbujeaba disparando a diestro y siniestro abrasadores perdigones de maíz líquido. Antonia advirtió que la expresión de Tom había perdido de momento ese aire tristón que le distinguía.

—¡El fuego está demasiado fuerte! —dijo Carl.

—Vamos a bajarlo un poco y después creo que ya podemos añadir el gorgonzola —sugirió Tom al tiempo que reunía con los dedos unas migajas del cremoso queso, veteado de azul como el mármol.

Antonia se asomó por encima de sus hombros. La polenta era una marmita estival de oro brillante que contrastaba contra el fondo negro del cazo. Carl removía con una cuchara larga de palo con un agujero en el centro mientras Tom añadía trocitos de queso que se derretían en la arremolinada masa amarilla dejando estelas blancas como las de un cometa. Cerca de ellos, Lillian exprimía un limón sobre una pila de judías verdes que humeaban en el interior de una ensaladera de color blanco.

—Antonia —dijo—, ¿vigilas los piñones?

Antonia se acercó al fogón y, cogiendo la sartén por su largo mango, le dio una sacudida para remover los piñones que se tostaban al fuego. Un par de golpes más de muñeca y estuvieron listos, y los echó sobre las judías verdes como confeti de año nuevo. Al levantar la vista se encontró con Tom, que la miraba, su expresión de nuevo llena de tristeza. Ella le miró con un gesto de interrogación.

—No es nada —dijo él, sacudiendo suavemente la cabeza—. Por un momento me has recordado a alguien.

—¿Y eso es malo? —preguntó Antonia, con tono preocupado.

—No —dijo Tom, a la vez que se le despejaba la pesadumbre del rostro—. Es bueno.

—¿Estamos listos? —preguntó Lillian abriendo la puerta que daba al comedor. Y allá que fueron todos en procesión, ensaladeras y fuentes en alto.

* * *

—¿Qué les parecen nuestros invitados? —preguntó Lillian cuando las primeras exclamaciones dieron paso a silenciosos suspiros de placer. En la mesa reinaba el sosiego, en tanto en cuanto cada bocado era un ejercicio de parsimoniosa contemplación. El pavo reposaba en filetes sobre los platos, de un rosa palidísimo, atravesado por espirales de hierbas y lazos de panceta. La polenta era un luminoso brochazo de color, el gusto intenso de las judías verdes y el limón un contraste con la textura suave y sabrosa del maíz caliente.

—Esto no es comer —dijo Ian—. Es mucho más que eso.

Antes de cenar se habían puesto de acuerdo en no servirse el vino personalmente, de modo que se iban turnando con la botella, caminando alrededor de la mesa, rellenando las copas, deteniéndose de cuando en cuando para conversar un instante en voz baja con uno u otro. Incluso Chloe pudo probar el vino, aun cuando no había cumplido todavía los veintiuno.

—No sé, Chloe —bromeó Ian—. Nos podríamos meter en un buen lío por tu culpa.

Isabelle se dirigió a Chloe inclinándose sobre la mesa.

—Cuando yo era joven no nos preocupábamos por esas cosas. Pero, claro —dijo con un guiño—, puede que sea ése el motivo de que ya no me acuerde de casi nada.

Se habrían olvidado de los *biscotti*, si no llega a ser por Chloe, que estaba tan orgullosa de ellos que arrastró a Lillian a la cocina para que la ayudase a preparar el café, que sirvieron en la mesa en tacitas blancas, con una crujiente lengua de *biscotti* de chocolate en el platillo.

—Bueno, ésta sí que ha sido una fabulosa cena de Acción de Gracias —dijo Carl, reclinándose a solaz en la silla al tiempo que posaba sobre el platillo la tacita vacía.

—Yo siempre comparo la cocina con las vacaciones —comentó Lillian—. En ambos casos, lo importante es lo que sale de ellas.

Antonia se quedó pensativa unos instantes, y luego sonrió.

—Pues claro —murmuró para sí.

* * *

Eran bien pasadas las once cuando salieron del restaurante: el vino, la comida, la conversación de la velada les mantenía en calor conforme se adentraban en la fría y oscura noche.

—No nos ha preguntado qué pensábamos ahora sobre Acción de Gracias —comentó Ian.

—¿Es que querías que lo hiciese? —preguntó Helen.

Chloe se cogió amigablemente del brazo de Ian.

—Apuesto a que en el colegio eras uno de esos que disfrutan cuando les ponen un examen —le provocó.

—Sólo quiero saber si tendré que esperar a Acción de Gracias para comer así de bien otra vez. O si, por el contrario, no será así, y Acción de Gracias perderá su encanto.

Antonia se le aproximó por el otro costado.

—No. Y sí. —Sus ojos se encontraron un instante, sonrientes. Luego, cuando llegaron a la verja, Antonia giró y se fue hacia la izquierda, en dirección a su coche.

—*Buona notte*, Antonia. —Las palabras de Isabelle penetraron en la noche.

—*Sogni d'oro* —se oyó que respondía la voz de Antonia.

* * *

Antonia los oyó hablar en el porche justo antes de entrar en la casa.

—¡Me muero por ver los planos! —dijo Susan antes de abrir la puerta—. Antonia es... Pero Dios mío, ¿qué es eso que huele tan increíblemente bien?

Susan y Jeff pasaron hasta la cocina y se quedaron parados en la puerta, mudos de asombro. El linóleo de la estancia que se abría ante ellos había sido arrancado, y ante ellos se extendía un suelo de madera de abeto que, a pesar de los pegotes de pegamento, lucía un cálido tono dorado rojizo. Una mesita vestida con un mantel provenzal de color amarillo ocupaba el mirador como si de un secreto se tratase; una olla de hierro repleta de agua hervía alegremente sobre un fogón en la enorme cocina negra. En el centro de la habitación, el tajo de madera aparecía cubierto por una nevada de harina y varios cuencos rojos de cerámica, y en la chimenea, sobre la parrilla dispuesta encima de una cama incandescente de leños aromáticos, se asaban siseantes filetes de pollo marinado y berenjena.

—Justo a tiempo —dijo Antonia—. Anda, pónganse un delantal y así me ayudan a terminar los raviolis.

* * *

Susan rebañó la salsa de la carne que quedaba en el plato con un pedazo de pan. El pelo, rubio y habitualmente liso, se le veía ahora rizado en torno al rostro debido a la humedad de la cocina. Un rastro de harina manchaba el costado de su falda negra, y no se había acordado de quitarse el delantal antes de sentarse a la mesa.

—Estaba increíble —gimió. Jeff la miró y, sonriendo, extendió el brazo por encima de la mesa para coger su mano.

—¿Cocinarás para nosotros así siempre? —le preguntó Susan a Antonia.

—Más bien cocinarán el uno para el otro, y en esta cocina.

—Sí —dijo Jeff completamente de acuerdo.

—Está bien —accedió Susan afablemente. Tomó un sorbo de vino tinto, pausada y pensativamente—. Pero los armarios *sí* que los podemos cambiar, ¿verdad? Por favor. Oh, un momento… oh, sí, sería genial… ¿tú crees que podríamos encontrar una fotografía de la cocina original, para ver qué aspecto tenían las cocinas antes?

Jeff alzó su copa de vino hacia Susan.

—Ésa es mi chica —dijo.

* * *

Antonia entró en su bungaló de madera, se quitó el abrigo y marcó un número en el teléfono.

—Ha funcionado —le dijo alegremente a su interlocutor—. Gracias por ayudarme a… ¿qué fue lo que dijiste, arrancar?... el suelo. No sabía a quién llamar.

—Ya sabes, cuando quieras —contestó Ian.

Tom

Tom observaba la cocina del restaurante desde el jardín. Había luz en el interior; dentro podía ver a los demás alumnos, moviéndose con la familiaridad de un grupo de vecinos en una fiesta de la comunidad. Dispuestos sobre la encimera, listos para la clase de esa noche, estaban varias latas de tomate en conserva, un bote de harina y un envoltorio de papel. Era como volver a casa después de haber estado fuera todo el día, abrir la puerta con la certeza de que hay alguien esperando, de que siempre lo ha habido. Dio media vuelta para irse.

—Hola Tom. —Lillian abrió la puerta de la cocina. Su pelo, tan oscuro, lo llevaba retirado de la cara. Sus ojos le observaron, tranquilos. Sonrió.

—Vamos, entra —dijo—. Vas a enfriarte ahí fuera.

Algo en la voz de Lillian tocaba en lo más hondo a cuantos la escuchaban, haciendo que se sintieran protegidos, absueltos de cosas que ni siquiera imaginaban haber hecho. Cuando Lillian te pedía que entraras en una habitación, lo hacías, aunque sólo fuera para estar cerca de su voz.

—Esta noche me ha parecido que tocaba pasta —comentó Lillian mientras Tom pasaba al interior—. A ver si estás de acuerdo conmigo.

* * *

Los alumnos ocuparon sus puestos de siempre en las hileras de sillas, de cara a la mesa de madera.

—Hace frío ahí fuera —se dirigió Lillian a la clase—, espero que ya estén entrando en calor. —Sus ojos recorrieron las dos filas de alumnos, comprobando expresiones, alguna rodilla temblorosa.

Tom siguió su mirada. Claire estaba guardando la cartera; le había estado enseñando fotografías a Isabelle y todavía conservaba la sonrisa en su rostro. Chloe se había mudado a la fila de atrás; se la veía distraída, ni mucho menos tan comunicativa como al final de la clase que habían dedicado a Acción de Gracias. Tom se fijó en Ian, el cual, por fin, había logrado hacerse con una silla junto a Antonia, si bien no parecía que hubiese dado aún con la forma de entablar conversación con ella. Carl estaba sentado junto a su esposa, como siempre. Ella apoyaba una mano en el brazo de él, la punta del índice rozándole el hueso de la muñeca. Tom volvió a dirigir la vista hacia delante.

—Verán —empezó Lillian—, siempre me pasa lo mismo cuando cambia el tiempo en otoño. Es como si todo se precipitara muy deprisa hacia el frío. Así que he pensado que esta noche podríamos trabajar con uno de los ingredientes más esenciales de todos, el tiempo.

»No, no se trata de una nueva hierba aromática —dijo sonriendo ante el gesto confuso de Isabelle—. Hablo de minutos, de horas. Piénsenlo bien, cada vez que comen, comen tiempo: las semanas que tarda en madurar un tomate, los años necesarios para que crezca una higuera. Y cada comida que cocinan es tiempo que le roban al día, pero bueno, eso lo saben de sobra.

»Ahora bien, las clases dedicadas al tiempo son, en realidad, clases sobre eficiencia o sobre cómo hacer el doble de cosas en la mitad de tiempo. Pero lo que haremos nosotros esta noche es justo lo contrario. Vamos a cultivar la ineficiencia, a malgastar nuestro mejor recurso como si la reserva fuera infinita. Lo que vamos a preparar desafía el hecho de que los días se van a ir haciendo más cortos durante los próximos tres meses: pasta con salsa de tomate.

»Lo cierto es que se trata de una experiencia que requiere empezar por la mañana, para que la salsa se vaya haciendo a fuego lento todo el día. Lamentablemente, no contamos ni mucho menos con esa cantidad de tiempo, pero ya verán cómo de todas formas aprenderán la lección.

Cogió una cabeza de ajos y la sostuvo en la mano, como si la sopesara, y luego dirigió su mirada a la clase.

—Tom —dijo—, ¿por qué no vienes y me echas una mano? —Y le lanzó delicadamente la cabeza de ajos. Ésta fue a aterrizar al cuenco de sus manos, las pieles externas crujiendo como un secreto, su peso ni tan pesado ni tan ligero como esperaba. No era eso lo que buscaba, no esa noche en particular, cuando el mundo parecía, a un tiempo, frío y caluroso en exceso. Pero allí estaba la cabeza de ajos, en sus manos, esperando. Cerró el puño en torno a ella, se levantó y, sorteando inseguro el extremo de la mesa, fue a colocarse junto a Lillian, donde se llevó las manos a la cara en un gesto tan mecánico que no pudo evitar sorprenderse cuando el olor del ajo le penetró por la nariz.

* * *

A Charlie le encantaba el ajo; le había dicho a Tom que, si la amaba, no tendría más remedio que amar el olor de sus dedos después de un día entero en la cocina, cuando la fragancia se absorbía en su piel como el vino derramado sobre un mantel. Reacia a recurrir a la ayuda de toda una flota de accesorios de cocina, aplastaba los gordos y firmes dientes de ajo con su poderoso pulgar, arrancaba las pieles finas como el papel y clavaba la uña en la base del ajo para retirar el extremo endurecido. Lo habría picado con las manos, también, de haber podido, refugiándose en el olor. Cuando acababa, se dibujaba con las puntas de los dedos líneas imaginarias entre los senos, en la nuca y detrás de las orejas.

—Para que puedas seguir el rastro —le diría a Tom con un guiño.

Una noche en un restaurante, la mujer de uno de los clientes del despacho de abogados de Tom se quejó desesperada de la excesiva cantidad de ajo que llevaba su brocheta.

—Andy no querrá dormir conmigo esta noche ni atado —había comentado con una risilla azorada—. Cariño, ¿llevas pastillas de menta encima?

Mientras la pareja se afanaba en hurgar bolsillos y carteras, Charlie buscó la mirada de Tom desde el otro extremo de la mesa. Muy despacio, pasó el dedo por el espeso aceite aromático con que estaban impregnadas las tostadas redondas de su plato. Luego su mano desapareció debajo de la mesa.

* * *

El ajo estaba sobre la tabla de picar, cortado en trozos pequeños y precisos. Lillian cogió el cuchillo que Tom sostenía en la mano y arrastró el montón, apilándolo a un lado de la tabla. A Tom le sorprendió descubrir un montoncito de cebolla recién picada junto a él, su olor punzante más parecido al rayo que al trueno.

—He pensado que necesitabas compañía —comentó Lillian. Sacó una botella de dos litros de aceite de oliva de debajo de la encimera, la levantó a pulso y echó una espiral del espeso líquido verde dorado en la cacerola grande que había sobre el fogón. Después abrió la espita del gas, y el fuego brotó expulsando una bocanada de aire—. En ocasiones —manifestó—, una buena comida requiere que el cocinero se olvide de que el tiempo existe. Aunque luego está el aceite de oliva: la aceituna empieza a cambiar de sabor a las pocas horas de la recolección. Después de tantos meses en el árbol. De ahí que los mejores aceites provengan de la primera prensada, y que los más excepcionales se elaboren junto a los olivares mismos.

* * *

Tom había conocido a Charlie ocho años antes, cuando ambos trabajaban de turno de verano en un restaurante de Cape Cod. No es que realmente fuera un restaurante, ni que Charlie debiera haber trabajado alguna vez de camarera, dada su actitud general hacia la sumisión. Es más, teniendo en cuenta la destreza de Charlie en la cocina, debería haber sido al revés. Pero así era como funcionaban las cosas en Lonny's.

Era su primer día, y Tom se encontraba cubriendo el turno del desayuno, dándole la vuelta al beicon con una espátula de mango largo y tratando de armarse de valor para voltear el huevo frito que no tardaría en estar más que pasado. Una mujer de piel dorada y pelo rubio como el sol, aparición del todo sobrecogedora tan sólo atenuada por la ironía de su uniforme de camarera a rayas rojas y blancas, se acercó a él y le arrebató de las manos el asa de la sartén. Luego, con una rápida sacudida de adelante hacia atrás, volteó el huevo en el aire.

—Qué pena no poder hacer lo mismo con los de la mesa siete —comentó secamente y salió de la cocina.

Se encontró con él de nuevo durante el descanso. Le tendió una sartén, que incluía un huevo a medio freír.

—Soy Charlie —le dijo—. Ahora voltéalo diez veces. —Tras su tercer intento fallido, ella sonrió de oreja a oreja, cogió la sartén y le hizo una nueva demostración, y él se enamoró del finísimo músculo que le recorría el brazo.

Tom no tardaría en descubrir que Charlie era incapaz de mantenerse alejada de la comida. Podía picar una cebolla entera, abandonada sin vigilancia sobre la encimera, antes de que al ayudante del chef le diera tiempo a regresar de la cámara frigorífica. Los cocineros se pasaban el día dándole gritos por meter el dedo en las salsas. Y ella los aplacaba con artes de mujer, realizando una seductora pausa antes de abrir de un caderazo las puertas batientes que brindaban acceso al comedor. A menudo se pasaba por el puesto de Tom en su siguiente pase.

—Añade un poco de nuez moscada a la bechamel —le comentaba en voz muy baja, para que nadie la oyera.

Ella lo llamaba cocina de guerrilla. Tom sabía que cuando él se ausentaba ella añadía los ingredientes por su cuenta, pero le gustaba que al menos se lo sugiriese cuando sí estaba. Por las noches pensaba en ella, preguntándose qué haría con una tortita, con una pizza, las pequeñas sorpresas que añadiría a las vidas de las personas que ocupaban las mesas a su cargo.

Podía comer cualquier cosa. En las noches que trabajaban en el último turno, después de zapatear sobre la basura del contenedor hasta hacer hueco para encajar las últimas cajas y latas, se quedaban unos instantes contemplando la cocina restregada. Luego sacaban las sartenes, los aceites, la comida que Charlie había ido escondiendo al fondo de la cámara, y se ponían a cocinar de verdad. Salsa atiborrada de cebolla y cilantro, pescado blanco fresco con ajo y soja y zumo de mandarina. Muchos de aquellos ingredientes los traía ella: «Los dueños del restaurante no sabrían diferenciar el tofu de su propio culo», solía decir. El hecho de que Tom tampoco hubiese visto tofu en su vida le importaba bien poco a Charlie.

—Tú eres diferente —le decía—. Come y aprende.

Comían en la cocina, evitando a toda costa el comedor, con sus servilletas de papel y sus manteles de hule a cuadros rojos y blancos. Mientras comían, ella recitaba la poesía en inglés antiguo que se negaba a seguir estudiando. Tom le hablaba de sus clases en la facultad de Derecho, y ella escuchaba, jugando con las complejidades de los casos del mismo modo que lo haría con los ingredientes de un plato.

—¿Y si…? —preguntaba a todas horas, y Tom se daba cuenta de que aquellas ideas suyas, de aplicarse al sistema legal, resultarían tan elegantes y perturbadoras como la presencia de huevas y algas en una hamburguesería.

La primera vez que la besó —le costó seis semanas— estaban comiendo hamburguesas, de dos dedos de grosor, jugosas y chorreantes. Sin pensarlo, se había inclinado hacia ella y lamido la grasa de su brazo. Al levantar la cabeza hacia la de ella, se preguntó cómo podía ser que la distancia entre brazo y boca pudiera requerir tan largo y dulce viaje.

* * *

El aceite cubría el fondo de la cacerola, homogéneo y espeso, y unas burbujas diminutas se elevaban hacia la superficie.

—Ahora cogeremos uno de éstos —señaló Lillian a la clase al tiempo que les mostraba una forma cuadrada y plana, envuelta en papel de aluminio—. ¿Alguien sabe lo que es?

—*Dadi* —dijo Antonia con entusiasmo.

—Son más interesantes que la sal —dijo Lillian—, parecidos a los cubitos de caldo, aunque éstos son diferentes. —Abrió el envoltorio y colocó el cubito marrón tostado en la mano de Tom.

Era blando, casi grasiento, nada que ver con los duros cubitos que condimentaban las sopas de su infancia; éste se aplastó con facilidad y dejaba restos de aceite en las crestas de sus dedos conforme introducía las migajas en la cacerola. Lillian removió el aceite con una cuchara de palo y éste cambió de textura adquiriendo una consistencia semejante a arena líquida.

—Ahora la cebolla —anunció Lillian. Tom reunió los escurridizos trozos y los introdujo con cuidado. El aroma se elevó hasta su rostro; dio un paso atrás, y luego se inclinó hacia delante y respiró: pan y viñedos, el calor del sol.

Lillian le puso la cuchara de palo en la mano y él se acercó a la cacerola. Contempló cómo los trocitos se movían y empezaban a perder su blancura para tornarse transparentes a la vez que perdían consistencia. Tom siguió removiendo, esperando las indicaciones de Lillian, y la cebolla fue embebiendo el líquido, hasta casi desaparecer en el color del aceite. Lillian se acercó y añadió el ajo, aunque sin decir nada aún. Por fin, cuando ya el ajo comenzaba a ablandarse, pero antes de que sus bordes se rizaran, Tom se acercó y retiró la cacerola del fuego.

—Perfecto —murmuró ella. De la clase brotó un pequeño suspiro colectivo—. Ahora añadiremos la carne. Se puede probar con distintas variedades —dijo, volviéndose hacia la clase—, dependiendo del estado de ánimo en que se encuentren. Hoy pondremos salchicha. —Oleadas de hinojo y pimiento, el olor a carne roja sofriéndose, invadieron el aire—. Respiren hondo —prosiguió Lillian—. Ahora el aire ha cambiado. Si prefieren un plato más ligero, se puede hacer la salsa con berenjena en lugar de carne. O bien una versión veraniega, a base de aceite de oliva, ajo, tomates frescos y albahaca fresca, pasados un instante por la sartén. Sin embargo, hay veces, especialmente en otoño y en invierno, en que se agradece algo más intenso.

* * *

Antes de besar a Charlie, Tom tenía la sensación de que ella dominaba todos y cada uno de sus pensamientos. Después, lo vería de otro modo. Era casi mortificante la forma en que la idea de hacerle el amor presidía sobre sus meditaciones más mundanas. Empezó a llevarse un cepillo de dientes al trabajo, aunque sabía de sobra que a ella no es que le complaciese precisamente el sabor a menta antiplaca.

—Pero, hombre, por Dios, ¿es que has cambiado la toga por la bata de dentista? —le preguntó.

Pero él no podía evitarlo. Sus labios, tras el contacto con el brazo y la boca de Charlie, estaban ansiosos de conocerla, y allí donde los labios no podían ir, lo hacía su mente. Los huevos fritos, olvidados en la sartén, se solidificaron como el pomo de una puerta, mientras Tom ponía a freír las papas en la parrilla y sumergía los filetes en la freidora.

—Por Dios, Charlie —gritó exasperado el lavaplatos desde el otro extremo de la cocina—, ¿por qué no le haces un poco de caso al chico antes de que incendie el lugar?

Charlie regresó entonces hasta el puesto de Tom. Contempló el mejunje de la parrilla.

—Cena, en mi casa. Esta noche. —Dicho esto cruzó la cocina hasta la puerta de atrás y fichó en la máquina. Los ayudantes de cocina bramaron indignados.

* * *

Charlie vivía en una casita azul y naranja a dos parcelas del océano. Hacía años que la pintura había sucumbido al viento y el sol; margaritas y gladiolos medraban por doquier, sembrando de pétalos el camino de grava que conducía hasta la casa. Al llegar, Tom se encontró abierta la puerta de la entrada, y vio que el interior era diminuto, en el salón un futón que hacía las veces de sillón durante el día, y una cocina con espacio suficiente para un único y flaco cocinero. Charlie estaba delante del fogón, la cuchara de palo en la mano. El aire olía a vino, a mantequilla, a ajo.

—Sabía que serías puntual —dijo ella. La piel bajo su oreja estaba cálida al contacto con sus labios. Ella sonrió, e hizo un gesto con la cabeza en dirección a la encimera, donde él vio una ensaladera azul rebosante de pedazos de melón y un juego de brillantes platos blancos—. Eso ya lo puedes sacar al patio.

Tom agachó la cabeza al franquear la puerta trasera y se encontró bajo un emparrado invadido por frondosas trepadoras verdes y flores morado oscuro, el sol de la tarde filtrándose a través de las hojas. A sus pies, el patio revestido de ladrillos viejos se balanceaba bajo su peso y lo acompañó con un suave tintineo hasta la mesa verde de metal, donde colocó la ensaladera y los platos junto a una cesta de pan. Se irguió de nuevo, casi rozando las hojas con la cabeza, e inhaló el olor dulzón y picante de las glicinias. De pronto, todo le pareció el doble de silencioso de lo que nunca pensó que podría serlo jamás.

—¿Vino? —preguntó Charlie, que se acercó por detrás y le ofreció una copa. El vino estaba frío y claro y sabía a flores y a nieve—. Adoro este patio. En realidad, fue la razón principal por la que alquilé la casa.

Volvió a la cocina y regresó con un plato recubierto de lonchas de carne, finas como las hojas.

—*Prosciutto* —explicó en respuesta a su mirada interrogadora—. Con melón. Ya verás.

Se sentaron a aquella mesa diminuta, tocándose los pies mientras Charlie le servía en el plato una cucharada de chorreantes trozos de melón.

—Prueba primero el melón —sugirió—. Hay un tipo en la frutería que reserva para mí lo mejor que tiene. —Se rió al contemplar la expresión en el rostro de Tom—. Es muy, muy viejo. Y trata a sus melones como si fueran sus hijos. Tienes suerte, ésta es la mejor época del año. Y los melones de Angelo… bueno…

Tom pinchó un trozo con el tenedor y se lo llevó a la boca. El sabor se abrió en su lengua como una flor, suave y dulce. Quiso hablar, pero se detuvo, confinando el sabor en su boca conforme éste se disolvía y se tornaba en jugo.

Charlie le observaba.

—Ahora, lo probaremos con un poco de *prosciutto.* —Cogió un trozo de melón con los dedos, lo envolvió en una loncha translúcida de carne rosada, y le invitó a abrir la boca. La carne era un susurro de sal en contraste con el fruto denso y dulce. Como el verano en un país caluroso, la suave piel de la curva entre el poderoso pulgar y el dedo índice de Charlie. Y luego el vino, tan vigorizante, igual que emerger a la superficie del agua para respirar. Comieron despacio, más y más despacio, hasta vaciar la ensaladera.

—Un minuto —dijo Charlie. Se levantó y, de camino a la cocina, apoyó la mano sobre el hombro de Tom un instante—. Enseguida vuelvo. —Tom siguió allí sentado, escuchando a Charlie moverse por la casa: el estrépito metálico de la tapa de un cazo depositada en el fregadero, la puerta de la nevera que se abría, el repiqueteo de unas conchas al caer en el interior de una cazuela. Una música brotaba del salón, la voz de una mujer a la que nunca había escuchado antes cantando en un idioma desconocido. Charlie tarareaba con la música; por la puerta abierta Tom divisaba de cuando en cuando una mano, el talón, mientras ella iba y venía entre el fregadero y el fogón. Recordó, como desde muy, muy lejos, un tiempo en el que el mundo le había parecido inconmensurable; ahora sin embargo se sentía capaz de encajar el mundo entero en un espacio ínfimo: un restaurante, una casa, una mesa, el dobladillo de la falda de Charlie rozándole los tobillos.

—*Spaghetti del mare* —dijo ella al salir por la puerta—, del mar.

En la grande y ancha ensaladera azul, las espirales de finos espaguetis se entretejían con oscuras conchas negras y trocitos rojos de tomate.

—Huele primero —le dijo Charlie—, con los ojos cerrados. —El vapor se elevaba de la pasta como océano transformado en aire.

—Almejas, mejillones —dijo Tom—, ajo, cómo no, y tomates. Guindilla picada. Mantequilla, vino, aceite.

—Te falta uno —le apremió ella.

Él se inclinó hacia delante; olió colinas soleadas, tierra abrasada, muros de piedra.

—Orégano —dijo abriendo los ojos. Charlie sonrió y le pasó un tenedor desbordante de pasta.

Después del sabor dulce del melón, éste estalló en su boca con las explosiones y punzadas de la guindilla; en segundo plano, como una mano apaciguadora, un salado almohadón de almeja, el suave terciopelo del orégano, y la pasta, caliente como arena de playa.

Comieron. Bocado a bocado, plato tras plato. Conversaron sobre la infancia: Charlie era de la costa oeste, Tom del este; Charlie se había roto tres huesos en una caída de bicicleta, Tom la nariz cuando su hermano mayor aprendía a lanzar la pelota de béisbol. Cuando la ensaladera estuvo vacía, rebañaron la salsa del fondo con trozos de pan que se llevaban goteantes a la boca. La luz que atravesaba las hojas se hizo más tenue y desapareció, dejándolos con la vela del centro de la mesa, y la luz que se colaba por un resquicio de la puerta trasera de la casa.

—Ahora toca el postre —anunció Charlie, y entró en la casa, de donde regresó con un platito de galletas espolvoreadas de canela, y dos tacitas de un café negro y espeso. Comieron y bebieron, ahora algo más callados, observando los movimientos de las manos, de los ojos, del otro.

—¿Sabes? —comentó ella, tomando un último sorbo de café—. He conocido a un montón de tipos que ven el sexo como un postre: un premio por comerse toda esa verdura que tan feliz hace a las mujeres.

»Pero yo no lo veo así —continuó pensativa- mente—. Para mí, el sexo debería ser como la cena. Y a mí es así como me gusta comer.

* * *

—La carne está lista —anunció Lillian al tiempo que cogía la cuchara de la mano inmóvil de Tom y re- movía la salsa por última vez, dibujando un gran círculo y arrastrando la salchicha, humeante, siseando, hacia el centro.

»Ahora ya podemos pasar a la fase siguiente, pero antes, un truco. Las salsas de carne adoran el vino tinto. Pero si lo añadimos ahora, la carne sabrá ácida, así que vamos a añadir un poco de leche. —Lillian vertió lo que a todos les pareció una cantidad excesiva del blanco líquido a la mezcla—. Ya sé que parece raro, pero ya verán, confíen en mí.

Tom se asomó al interior de la cazuela. Raro sí que era, desde luego: el blanco formando una espi- ral en la carne, huyendo del aceite como una niña remilgada que no quiere ensuciarse las manos. Pero entonces, ante sus ojos, la leche empezó a penetrar en la carne, mudando su color a un gris casi ceniciento, ablandando los bordes.

—Vamos a dejarlo a fuego lento hasta que ha- ya embebido toda la leche —comentó Lillian—. Ya sé que esto lleva mucho tiempo —reconoció—.

Mientras esperan, podrían responder tres correos electrónicos. Podrían telefonear a un amigo, poner la lavadora. Pero como esta noche no hay tiempo que valga, no hace falta preocuparse de si lo malgastamos o no. Se pueden quedar ahí sentados y dar rienda suelta a los pensamientos. Y se alegrarán de haberlo hecho, porque el tiempo dará al sabor una suavidad diferente; tan diferente como lo es el poliéster del terciopelo.

* * *

Tom dejó el restaurante al final del verano, con algo de dinero reunido para costearse parte de los estudios. Quiso que Charlie lo dejara también, que volviera a la facultad, pero ella se negó. El dueño del restaurante había cambiado de filosofía, movido quizá por los platos que Charlie le iba dejando, un día sí y al otro también, en la mesa de su oficina, y le había ofrecido el puesto de Tom tan pronto como se enteró de que éste volvería a la facultad en otoño.

—¿Pero es que quieres trabajar aquí toda la vida? —le preguntó Tom cuando ella le dio la noticia.

Ella lo miró decepcionada.

—Quiero cocinar —dijo—, y éste es el único restaurante del pueblo, sin contar, claro está, el puesto de *Fish & Chips*.

—¿Y qué pasa con la licenciatura en literatura? —insistió él llevado por el frenesí de la primera semana de clase en la facultad—. ¿Es que no quieres hacer algo que perdure?

Ella se lo quedó mirando y sacudió la cabeza.

—La poesía no se diferencia en nada de la comida, Tom. Las personas queremos hacer cosas, y esas cosas se nos meten dentro, lo sepamos o no. Que tu mente no recuerde lo que cociné la semana pasada no significa que el cuerpo no lo haga.

»Y ya hace tiempo que llegué a la conclusión —añadió, con una sonrisa malévola— de que el cuerpo es mucho más sabio que el cerebro.

No había forma de discutir con Charlie, probablemente porque a ella le importaba bien poco si él estaba o no de acuerdo con ella. Ella le amaba, lo sabía, y sabía que él la amaba.

—¿Por qué yo? —le preguntó él, contemplando su rostro a través de la cascada del pelo de ella que los envolvía.

—Tú eres el orégano —dijo sin más.

* * *

—Ya podemos añadir el vino —indicó Lillian. La leche había desaparecido en la carne—. Tom, ¿podrías traer una botella de vino tinto del armario del chef? —Se volvió hacia la clase—. Bien, quizá les parezca que importa poco qué vino se añade a la salsa, ya que va a estar cociéndose a fuego lento durante tanto tiempo. Pero notarán la diferencia si miman los ingredientes. Por nada del mundo querríamos meter la pata con el vino, ni siquiera en una salsa, así que necesitamos un vino que se defienda con la carne: que sea consistente, con cuerpo y suave a la vez.

Tom se acercó con una botella y se la tendió a Lillian con ojos interrogantes. Ella la descorchó, respiró hondo y sonrió.

—Éste nos vendrá bien —dijo.

* * *

Charlie los llamaba «vinos de la *mamma*», en honor a las matronas que habían conocido en Italia durante la luna de miel: un fabuloso viaje de dos semanas, para celebrar su nuevo empleo en un despacho de abogados en la gran ciudad y la oportunidad que ello le brindaba a Charlie de cocinar en un restaurante con erre mayúscula. El plan inicial pasaba por empezar en Roma y, desde allí, saltar a Florencia, el lago Como y Venecia. Pero fue llegar al *agriturismo*, a tres cuartos de hora de Roma, y Charlie ya no quiso continuar.

—Prueba esto —le había dicho durante la cena, sentados a la larga mesa de madera—. No nos iremos de aquí hasta que haya aprendido a preparar esta pasta.

De los *linguini* saltó a los raviolis, y de éstos a los canelones y la *caponata*. El pueblo era pequeño y nada atractivo, algo que Tom había considerado hasta entonces imposible tratándose de Italia. Aparentemente, su función más importante era la de proveer a los turistas lentos de un lugar donde pernoctar en el trecho entre Roma y Florencia. Los edificios eran de la segunda posguerra, todo cemento y estuco, sin un triste arco ni un fresco a la vista, ni siquiera un Caravaggio poco conocido que contemplar. Cuando Tom trató de explicárselo a Charlie ella se limitó a sonreír, y le mandó a buscar algún pueblecito en las montañas donde pudiera degustar un vino, o algo.

—Yo tengo cuanto necesito —le decía, antes de añadir con una enorme sonrisa—: por lo menos para ocupar la mañana. —Y se marchaba a la cocina, donde un coro de voces la recibía, invariablemente, con un «*La bella americana si é alzata dal letto finalmente*», la guapa americana se ha levantado por fin de la cama, seguido de un estallido de risas de complicidad.

Tom aprendió a estar de vuelta a tiempo para el almuerzo, en la larga mesa de fuera bajo los árboles, y la sobremesa, cuando la granja se sumía en un estado de profunda calma y Charlie se le arrebujaba apasionadamente en los brazos, su cabello un laberinto de olores siempre cambiantes: hinojo, nuez moscada, sal marina. Horas después le dejaba solo y volvía con las mujeres, para repetir de nuevo todo el proceso, ésta vez para la cena.

—Piensa que la luna de miel podría haber sido mucho peor —le picaba, guiñándole un ojo—. Podría haberme dado por saquear un viejo museo en busca de poemas...

Él se dio cuenta de que no le importaba. No le importó cuando las reservas, que tan escrupulosamente habían hecho seis meses atrás, caducaron, y con ellas las imágenes de un Duomo color terracota, un Gran Canal, un cremoso cappuccino en un café a orillas de un lago. Para cada cena, para cada almuerzo, regresaba a una mujer que parecía asimilar en su cuerpo la esencia misma de la comida que estaba aprendiendo a cocinar, tornándose más insondable y complicada y excitante.

Pasadas dos semanas, se fueron y volvieron a Roma. Charlie se pasó todo el vuelo de regreso garabateando diseños, notas para recetas de raviolis, en trocitos de papel.

—¿Qué te parecería si le añado bourbon al relleno? —le preguntó—. Italia y el profundo sur de Estados Unidos van de la mano.

Una vez de vuelta en casa encontró trabajo en un restaurante, donde en cuestión de semanas sus novedosos platos empezaron a labrarse un sitio en la carta. Había noches en las que Tom se iba al restaurante al salir del trabajo y comía con ella en los escalones de atrás; había noches en las que ambos sabían por adelantado que se iría a casa directamente. Él abriría la puerta de casa para ser recibido por el olor a salsa cociéndose a fuego lento. Junto a la cacerola, siempre había una nota.

Hola cariño,
Hoy trabajo hasta tarde, así que te toca hacer buen uso de esas preciosas manos tuyas por una vez. Cuece la pasta. No me preguntes qué lleva la salsa. Luego vemos si ha surtido el efecto que buscaba.
Te quiero,
Charlie

* * *

—Uno podría pasarse la tarde entera aquí sentado observando cómo la carne absorbe el vino —comentó Lillian—. Es sorprendente en lo que llega uno a pensar. Tectónica de placas. Un bebé en las rodillas. Flores de azafrán.

»Pero bueno, nosotros, por el momento, vamos a añadir los tomates y luego pasaremos a la pasta. Bien, los tomates sirven para darle textura. Se podría usar una lata de tomate triturado, pero el tomate triturado se elabora con los restos, las partes que, de todas formas, nadie va a ver. Para estar seguros de que la calidad es buena, los compras enteros y los trituras en casa. De nuevo, más tiempo. —Lillian abrió una lata de tomates enteros y sacó una batidora de la balda de debajo de la encimera. Sacó los tomates de la lata valiéndose de un cucharón; la máquina echó a dar vueltas con un zumbido, y luego se detuvo. Lillian vertió su contenido en la cacerola—. Y para terminar, un poco de salsa de tomate que ayude a espesarlo todo. —Lillian abrió una lata de salsa de tomate y añadió un poco—. Ya está. Esto puede cuidarse solito durante un rato —dijo bajando el fuego—. Y ahora, la pasta. —Lillian sacó un enorme bote de harina y lo plantó sobre la encimera—. Se puede hacer con pasta seca, sale igual de bueno. Pero esta noche hay tiempo. De modo que, adelante, pon un poco de harina en un montón —le indicó a Tom—. Luego haz un hueco en el centro. Con las manos.

Tom introdujo la mano por la ancha boca del bote de cristal y sintió la harina entre los dedos, suave como plumas. Ahuecó la palma de la mano y sacó un puñado, y luego otro y otro, formando una montañita sobre la superficie de madera. Abrió un hueco en el centro, y a continuación pasó la base del dedo pulgar por el borde para alisarlo, sintiendo cómo la harina se deslizaba al contacto con las puntas de sus dedos; se recordó de niño jugando en la playa, horas y horas con el sol pegándole en la espalda y hectáreas de materiales de construcción a su disposición.

—Muy bien. —Lillian se fue hasta la nevera y regresó con un cuenco pequeño de huevos. Cascó uno dentro del agujero—. Los huevos los añadimos uno a uno hasta que nos parezca que ya son suficientes —dijo—. Tom, puedes usar un tenedor para remover; es importante que no queden grumos.

* * *

Tom fue el que encontró el bulto, anidado como una canica en la base del seno de Charlie. La respiración, que se había ido acelerando a la par que su excitación, se le cortó de pronto. Fue como despertarse con el cañón de una pistola apuntándole a la cara; el mundo en suspenso, a media caída.

—Eh, amigo, no te duermas —bromeó Charlie.

Él se arrimó a ella más aún, los labios pegados al filo de su mentón. Tomó su mano y le guió los dedos hasta el bulto. Luego echó la cabeza atrás y se precipitó en el abismo de su mirada.

* * *

—Así está bien —dijo Lillian, cogiéndole a Tom el tenedor de la mano—. Ahora hay que trabajar la masa. Piensen en sus manos como si fuesen las olas entrando y saliendo del océano. Se dobla la masa sobre sí misma, se empuja suavemente con el talón de la mano, y se dobla y se empuja nuevamente, así hasta que uno sienta como si la masa formase parte de uno mismo. Si se quiere, se puede amasar en la batidora de cocina, pero entonces se pierde uno la experiencia. Liar una masa es como nadar o caminar: te mantiene parte de la mente ocupada y deja que la otra ronde hasta donde quiera o pueda necesitar.

* * *

Dos semanas después de descubrir el bulto, Tom llegó a casa del trabajo antes de lo habitual y escuchó unas risas procedentes de la parte de atrás de la casa: la de Charlie y la de un hombre que no pudo reconocer. Se fue hasta la cocina y se encontró a Charlie sentada a la mesa, con la camisa abierta y los senos al aire. Tenía la cabeza echada hacia atrás y la risa se elevaba desde ella como flores. A sus pies estaba arrodillado un hombre al que no había visto nunca antes.

—¿Qué...? —Tom los miró inmóvil, desconcertado.

—Tom —dijo Charlie, volviéndose hacia él con una sonrisa—. Te presento a Remy. Me está echando una mano con un pequeño proyecto.

Contempló la expresión de Tom y se rió delicadamente.

—Remy es soplador de vidrio, Tom. Estamos haciendo un molde de mis senos. Remy va a fabricarme una pareja de copas de vino. Una para mí y otra para ti, hasta ahora el reparto no es que fuera muy equitativo que digamos. —Siguió riendo, aunque con los ojos clavados en los de él, esperando una señal de comprensión.

Tom miró a su mujer y al hombre arrodillado en el suelo, los senos de su mujer llenando las manos ahuecadas de él. Las palabras de Charlie le llegaron deslavazadas, y se vio incapaz de sacar algo en claro de la información que se le daba.

Charlie le miró, respiró hondo, y la risa se borró de su rostro como el polvo al pasar la escoba.

—Tom, tú y yo sabemos muy bien lo que van a decir los médicos mañana. Van a extirparme los senos. Me da lo mismo; se los pueden quedar, pero quiero algo. —Sacudió la cabeza—. Algo tangible a lo que pueda aferrarme. ¿Lo entiendes?

Tom miró a la mujer que amaba y al hombre arrodillado en el suelo. Se acercó y posó su mano suavemente sobre el hombro de Remy. Luego se inclinó y besó a su mujer.

* * *

Durante los meses que siguieron, el mundo se redujo a una cosa pequeña y aterradora, con su propio lenguaje de terminología y estadística, pronósticos y teorías elaborados a partir de la materia misma de la realidad, aunque Tom pensaba a menudo que le merecía más respeto la fe ciega que Charlie depositaba en la levadura o las especias. De pronto echó de menos los días en que había listas de la compra y clientes complicados, cosas en definitiva sobre las que uno podía quejarse porque sabía que, al final, se desvanecerían.

Una noche, a su regreso del trabajo, se encontró la cocina vacía y abierta la puerta del patio trasero. Al principio no daba con Charlie, pero entonces se percató del suave vaivén de la hamaca, un movimiento ínfimo bajo los manzanos. Conforme bajaba los escalones podía ver su perfil, los pómulos afilados bajo aquella luz, los dos centímetros de pelo que empezaba a cubrir de nuevo su cráneo. Se había mostrado preocupada por su aspecto, ella que había cosechado tantas miradas de aprecio, y, sin embargo, no era que su belleza hubiese cambiado tanto con la pérdida de su pelo y de sus senos y de tanto peso, más bien se había destilado, intensificado, tornándose tan pura e íntima que, en ocasiones, sentía que debía pedirle permiso antes de mirarla.

—¿Sabes qué? —dijo Charlie sin volver la cabeza—. Una de las ventajas imprevistas de los senos grandes es que procuran copas enormes de vino. —Levantó su copa, una de las dos que había soplado Remy.

—Charlie, ¿tú crees que deberías...? —Charlie se volvió hacia él y la expresión en su mirada le dejó sin habla.

—Hace una noche muy agradable, ¿no te parece? —dijo Charlie—. Merece un buen tinto.

—¿Charlie...? —Esperó, reteniendo el aire en sus pulmones, consciente de que al siguiente aliento todo habría cambiado.

—La nueva enfermera, ¿sabes? —contestó Charlie, y tomó un largo y pausado sorbo de vino—; quería asegurarse de hacer bien su trabajo: ha pensado que me gustaría conocer hoy mismo los resultados del laboratorio, sin esperar a la cita con el médico.

—Pero yo pensaba que...

—Pues parece ser que no —dijo ella, sacudiendo levemente la cabeza—. ¿Te apetece un poco de vino? Te he reservado un poco.

Se removió en la hamaca, dejando sitio a su lado. Tom trepó al interior, mientras Charlie sostenía la copa en lo alto para minimizar el baileto del vino. Así tumbados, se miraron el uno al otro desde los extremos opuestos de la hamaca. En el jardín reinaba la calma, el ruido del tráfico afuera en la calle y el sonido de los vecinos que llegaban a sus casas envolvían el espacio como una sábana.

—¿Sabes? —dijo ella al cabo de un rato, apoyando la cara en la pierna de él—. Antes había gente que acudía cada noche a mi restaurante y yo les observaba comer mis platos. Se relajaban, conversaban, recordaban quiénes eran. Quizá regresaban a casa y hacían el amor. Sólo sé que yo formaba parte de aquello. Yo era parte de ellos.

»Una parte silenciosa en exceso. —Sonrió—. Pero empiezo a pensar que el silencio tiene sus ventajas.

Él la miró desde el otro extremo de la hamaca. Se iba, despacio, poco a poco. Deseaba alcanzarla, tirar de ella a lo largo de la hamaca hasta él, pero su mirada, inmóvil, silenciosa, le detuvo.

—No van a quitarte nada más —dijo él—. No lo permitiré.

—Mi querido abogado —dijo ella, con una voz profunda y pausada como el agua del fondo de un río—, me parece que no tienes elección. —Hizo una pausa, tomó otro sorbo de vino—. No somos más que ingredientes, Tom, todos nosotros. Lo que importa es la gracia con la que prepares la comida.

* * *

—Cuando la masa ya está lista —dijo Lillian—, se extiende con el rodillo y se corta en tiras finas y largas. Hay máquinas que lo hacen; se puede probar si se quiere. Si no, necesitarán un rodillo largo de madera, un cuchillo afilado y una buena silla de respaldo alto sobre la que tender las tiras. Les saldrán todas diferentes, ¿y qué? Lo que importa es hacerlo a mano.

* * *

Conforme pasaron las semanas, Charlie fue desapareciendo, con la constancia del agua que se evapora de un cazo hirviendo. Olla vigilada nunca hierve, pensó Tom, y se cogió un permiso del trabajo para acompañarla, sin dejar que sus ojos se separaran de los rasgos a cada instante más marcados de su rostro, con las puntas de sus dedos reposando junto a los de ella cuando su piel ya no podía tolerar que la tocasen.

—¡Será posible! —decía con aquella sonrisa suya firme y sosegada—, justo cuando más ganas tenías de darme un revolcón.

Y él no podía decirle que así era, que lo haría, que tomaría lo que fuera que quedase de ella. En su lugar se ocupaba de todos los cuidados que requerían tocarla, lavándola a mano cuando ya no tenía fuerzas para mantenerse de pie en la ducha, aplicándole crema en los pies y las piernas y las manos cuando el tratamiento sorbía la humedad de su piel, pasándole la maquinilla por el pelo cuando éste sobrepasaba el centímetro de largo que ella se había autoimpuesto como límite.

—Maldita sea, Tom —decía—, al menos no tendré que preocuparme por el pelo. ¿O es que crees que la gente no va a darse cuenta de que estoy enferma?

Y aprendió a cocinar, lo que fuera que ella pudiese comer, añadiendo las sutiles y suaves especias que aportaban sabor sin producir más daño a su estómago, los verdes y amarillos y rojos con los que llegaba hasta ella el mundo exterior.

—Prométeme que seguirás cocinando cuando ya no esté —sonaba su voz con insistencia.

—Comeré —decía él, frustrado—. No te preocupes por mí.

—No sólo comer —le corregía ella—. Cocinar.

Al final, incluso la comida dejó de ser tema de conversación. La casa perdió los olores de la cocina y Charlie vivía a base de aire y agua, sumergiéndose en sus pensamientos durante periodos de tiempo cada vez más prolongados, de los que solamente regresaba para internarse en la mirada de él, como si sólo con los ojos pudiera relatarle todo lo que había visto durante su ausencia. Y luego, un día buscó su mirada, se zambulló y, sin más, desapareció. Tom quedó atrás en un sobrecogedor vacío, rodeado de pilas de medicamentos y vendajes inútiles, con la sola sensación —alojada en lo más hondo de sus huesos, de su cerebro, de su corazón— de que, aun cuando Charlie le había repetido con insistencia que no se trataba de ganar o perder, el que había perdido era él.

Después de todas aquellas semanas y meses de vigilancia, de una vida suspendida sobre el pozo insondable de la enfermedad de Charlie, el mundo le pareció absurdamente práctico. Había facturas que pagar, una pradera de hierba que cortar, ropa pendiente de lavar que sólo olía a sudor y al plato precocinado de la noche anterior. El teléfono dejó de sonar y las llamadas fueron reemplazadas por alguna que otra visita fugaz de sus amigos; dejó de ser fuente de novedades funestas. Las comidas que le traían sus bienintencionados vecinos se espaciaron y luego desaparecieron por completo. Iba a la frutería sin preguntarse si ella seguiría allí a su regreso, el desasosiego que le atenazase el estómago sustituido ahora por un dolor más concreto y profundo. Ella estaba por todas y por ninguna parte, y él no podía dejar de buscar.

Los únicos que en realidad deseaban hablar de la muerte de Charlie eran los proveedores de servicios y los organismos gubernamentales, que exigían pruebas, en papel. Se convirtió en dispensador de certificados de defunción, enviando misivas de mortalidad a proveedores de telefonía, compañías de tarjetas de crédito, aseguradoras sanitarias y de vida, a las oficinas de transportes y de seguridad social. Era asombroso, pensaba, la cantidad de gente que se interesaba por saber, a ciencia cierta, si uno estaba muerto.

Charlie había dejado muy claro que no quería que la enterrasen. «Salvo que puedas convertirme en abono», le dijo con firmeza, y a continuación le detalló sus deseos. De modo que una noche se reunió un grupo de amigos y cenaron en la playa que Charlie adoraba: rajas de jugoso cantalupo del anciano frutero, que había roto a llorar al conocer la noticia; pescado fresco marinado en aceite de oliva y estragón y asado a la parrilla sobre una fogata a la orilla del mar; pedazos de pan de corteza gruesa de su panadería preferida del pueblo; un pastel de especias que Tom preparó a partir de la receta elaborada por Charlie. Luego, arrojaron sus cenizas al agua formando grandes arcos. Sólo Tom sabía que cada uno de ellos se llevaría consigo una pizca de ella a casa esa noche, cocida con el pastel que se habían comido.

Después de aquello, Tom dejó de hablar. Era como si todas aquellas conversaciones, las dolorosas mientras ella estaba viva y las prosaicas tras su muerte, hubieran agotado cuanto hubiese tenido pensado decir jamás. Sencillamente, le resultaba demasiado costoso abrir la boca, pensar en lo que la otra persona quería o necesitaba escuchar. Tenía la mente ocupada, aunque en qué era algo que no podía explicar.

* * *

Casi nueve meses después, el día en que Charlie habría celebrado su cumpleaños, un amigo le llevó al restaurante de Lillian a cenar. «Oye, Charlie habría querido que anduvieras entre fogones el día de su cumpleaños —le dijo—, y el Lillian's hará que hasta te apetezca comer.»

Era agosto, las hojas de los cerezos del jardín del restaurante se veían verdes y espléndidas cuando recorrieron el sendero que conducía al Lillian's. Se sentaron en el porche, en las enormes sillas Adirondack, con una copa de vino tinto mientras esperaban mesa, escuchando el suave murmullo de las conversaciones, el tintineo metálico de los cubiertos que emergía por las ventanas abiertas del comedor. Tom sintió cómo se aplacaba el frenesí de sus pensamientos, y hallaba por fin sosiego en la serenidad del jardín circundante.

Una vez acomodados en el comedor revestido de madera, se acercó una camarera a la mesa y los saludó.

—Esta noche tenemos un fabuloso plato especial de marisco —dijo—. Lillian ha encontrado esta mañana en el mercado unas almejas y unos mejillones frescos estupendos y los está sirviendo sobre una pasta casera de cabello de ángel en salsa de mantequilla, ajo y vino, con una pizca de guindilla y...

—La camarera se quedó muda, azorada ante aquel fallo de memoria.

—Orégano —dijo Tom en voz baja.

—Sí —respondió aliviada la camarera—. Gracias. ¿Cómo lo ha sabido?

—Pura casualidad —dijo Tom alzando la copa a modo de brindis silencioso. Bajó la vista a la mesa que tenía delante, concentrándose en la urdimbre del mantel de lino, la curva del mango de su tenedor, las líneas de cristal tallado del pequeño cuenco lleno de sal marina e hinojo.

Entonces se fijó en la cartulina plegada de color chocolate casi oculta detrás del cuenco de sal. Cogió el pequeño aviso y leyó la caligrafía color crema que surcaba la superficie.

Anunciamos
la nueva sesión de
La Escuela de Ingredientes Esenciales

* * *

—Atención todos, esto ya está listo —dijo Lillian reclamando la atención de la clase por encima del hombro en tanto que vertía la pasta al interior de un colador desde la enorme olla—. Sólo faltan los platos.

Mientras Lillian pasaba los humeantes espaguetis desde el colador a una robusta ensaladera de cerámica, los alumnos se levantaron obedientemente y se dirigieron a los estantes, donde empezaron a pasarse en cadena los platos blancos de pasta igual que una brigada de bomberos. Formaron una fila delante de la mesa, empujándose divertidos unos a otros. Lillian se fue hasta la mesa con la enorme ensaladera azul y empezó a servir la pasta en los platos.

—Tom —dijo Lillian volviéndose hacia él—, te toca hacer los honores con la salsa. Al fin y al cabo, es tuya.

Le observó conforme servía el primer cucharón de fragante salsa roja sobre una cama de pasta de color amarillo cremoso. Cuando todos estuvieron servidos, la clase se acomodó por grupitos en las sillas, charlando amigablemente antes de dar el primer bocado, hecho lo cual la estancia se disolvió en un silencio interrumpido únicamente por el sonido de los tenedores chocando contra los platos y algún que otro suspiro de satisfacción.

—Observa lo que has conseguido —le hizo notar Lillian en voz baja a Tom, que seguía a su lado, junto a la mesa.

—Se lo comerán —dijo él—, y luego ya no quedará nada.

—Eso es lo que lo convierte en un regalo —contestó Lillian.

Chloe

C hloe había conocido a Jake en el Bar & Grill donde consiguiera su primer empleo, de recogeplatos, preparando y limpiando mesas. No es que fuera precisamente lo que tenía planeado, pero si acabas de salir del instituto y no imaginas cómo vas a poder costearte la universidad por mucho que tu padre piense que te aceptará, lo de recogeplatos puede llegar a parecer una buena opción. A no ser, claro, que tengas cierta propensión a tirar las cosas, como era el caso de Chloe.

Estaba sentada en las escaleras de la parte de atrás del restaurante, disfrutando entre lágrimas de los quince minutos de descanso para almorzar, cuando notó que alguien se sentaba a plomo en el escalón junto a ella, a la vez que le llegaba el olor a carne recién salida de la parrilla.

—He pensado que quizá necesitaras esto —dijo Jake ofreciéndole una hamburguesa. Chloe se lo quedó mirando fijamente. Jake era alto, con esa elegancia de gato negro reservada a los cocineros de asadores y atletas de instituto, y unos rizos enmarañados que le caían perezosos por la nuca y le llegaban hasta el cuello de la camisa. Era cocinero y, como tal, se suponía que debía llevar el pelo recogido en una redecilla, pero nadie sermoneaba a Jake. Jake era el chico estrella, el que todas las camareras deseaban que fuera el que arrancara sus pedidos del portacomandas de rueda, no sólo porque era imponente, sino porque era capaz de preparar cuatro hamburguesas, un sándwich de pescado, una ensalada César y una pasta con almejas para esa mesa de siete de la que uno se olvidaba hasta que le agarraban del codo y le preguntaban dónde estaba su comida y le decían que más valía que estuviera lista en cinco minutos o se iban, y con Jake uno tenía la certeza de que en cuatro minutos y medio podría presentarse en la mesa con todos aquellos platos equilibrados brazo arriba como una conga, sonriendo como si Dios acabase de bendecirle a uno en persona, y consiguiendo la propina de sus vidas.

Pero Jake no solía alternar ni mucho menos con los recogeplatos. Éstos devolvían a la cocina los platos sucios, los restos que revelaban a los cocineros lo buena o mala que estaba la comida esa noche.

En definitiva, y que Chloe supiera, los recogeplatos no eran más que manos para los cocineros y, para las cocineras, orejas que colmar con diatribas susurradas con rudeza.

—Y dime, ¿cuál de las princesitas ha sido esta noche? —preguntó Jake, sonriendo.

—¿A qué te refieres?

—Alguien te ha hecho llorar. Apuesto a que una de las camareras. —Leyó la expresión de su rostro—. No te preocupes, no lo voy a contar. ¿Has visto la pared esa de la cocina que separa a cocineros de camareras? Debes saber que no les debo nada a las del otro lado.

Chloe le dio un bocado a la hamburguesa. Estaba rica, y pringosa. Se limpió la boca con el dorso de la mano.

—Cynthia —dijo—. He vertido una copa de vino en una de sus mesas.

Lo que no mencionó fue la interminable perorata que le había echado Cynthia sobre su ineptitud y su más que probable pésima vida amorosa, para acabar con un «y quítate esa porquería negra de los ojos.»

—Ah, la reina en persona. —La sonrisa de Jake siempre aparecía de lado, como un coche saltándose el stop de un cruce—. Deja de limpiar sus mesas durante un tiempo y ya está. Vas a ver cómo capta la indirecta.

Chloe contempló la posibilidad de discutir con Jake sobre el vertebrado que haría falta para emprender semejante osadía, pero Jake ya se estaba poniendo de pie.

—Ya es hora de regresar ahí dentro. Y yo diría que para ti también. Cuando termines, quédate por aquí. Yo y unos cuantos más solemos darnos una vuelta por ahí después de trabajar.

Chloe asintió, sin poder articular palabra.

Cuatro semanas después dejaba la casa de sus padres y se mudaba al apartamento de Jake.

* * *

La vida con Jake no resultó como ella esperaba, aunque a decir verdad tampoco es que supiera muy bien qué esperaba. Durante una o dos semanas se sintió, nada más y nada menos, como la reina del baile. Cuando a Jake le tocaba el último turno del día, regresaba a casa con comida de la página central de la carta: los filetes, langostinos y platos salteados que no entraban en la lista de comida apta para recogeplatos, la que a su vez aparecía en la última página bajo el título «sándwiches y otros tentempiés». Jake la despertaba y le daba de comer con los dedos, manchándola accidentalmente de salsa para poder limpiársela de un lametón, el cual conducía a toda una ristra de actividades que dejaban a Chloe agotada y con mayor propensión que nunca a que se le cayeran las cosas, incluida una exhibición particularmente espectacular de derrame de cubiertos en cascada la noche de un jueves.

El jefe la había interceptado esa noche cuando salía de trabajar.

—Bueno, Chloe —le dijo—, ¿cómo te va todo?

Chloe podía no haber ido a la universidad, pero reconocía a la primera cuándo una pregunta era retórica.

—Verás, Jake es amigo mío —continuó él con voz dulce—. Te daré una buena referencia.

Y así comenzó su epopeya particular de seis meses trabajando como recogeplatos en el Bombay Grill, el Green Door, Babuschka, Sartoro's. Con cada cambio notaba cómo disminuía el entusiasmo de Jake hacia ella, a la par que la confianza en sí misma. Los festines en la cama se fueron espaciando con el paso de los meses; él rara vez la despertaba cuando volvía del trabajo, que no era siempre. Sus comentarios se fueran haciendo más y más sarcásticos, apuntando con regularidad las veces que se tropezaba o volcaba un vaso con el codo.

—Lo hago por ti —le dijo—. Tienes que acabar con esa costumbre tuya.

Chloe le observó, tratando de averiguar si la pulla era intencionada, pero aparentemente no era así.

* * *

Fue en su última y memorable noche en el Sartoro's cuando chocó con Lillian. Chloe dio un paso atrás, aterrada, contemplando cómo el contenido de las tres copas de agua que llevaba aterrizaba en tromba sobre los zapatos de Lillian, y se apresuró a excusarse.

Lillian sonrió y echó mano al bolso. Le tendió a Chloe una tarjeta de visita color chocolate en cuyo anverso aparecía el nombre Lillian's y un número de teléfono escritos en elegante caligrafía blanca.

—Sólo por si acaso —le dijo, y acto seguido se sacudió los zapatos y regresó a su mesa.

Cuando Chloe marcó el número de teléfono tres días después, abochornada, pero necesitada de un nuevo empleo, fue Lillian la que contestó.

—Soy Chloe, la recogeplatos de las copas de agua... ¿lo recuerda?

—Sí, Chloe, me acuerdo. ¿Qué tal si pasas por aquí el lunes por la tarde, a eso de las cinco?

—¿Es que me va a contratar? Pero si soy una torpe, ya lo vio...

—De que seas una torpe no estoy yo tan segura. —La voz de Lillian sonaba alegre como agua discurriendo sobre rocas—. Además, ¿quién ha dicho que fuera a contratarte? Te veo a las cinco.

* * *

Cuando Chloe se presentó en el restaurante ese lunes, se encontró encendidas las luces del comedor, pero éste estaba vacío. Subió los cuatro escalones de la entrada, atenta al levísimo crujir de la madera, persiguiendo el reconfortante chirrido del siguiente y anhelado escalón. Al alcanzar la puerta, llamó con los nudillos, sintiéndose algo estúpida; después de todo, era un restaurante, nada más, pero el lugar despedía un aire a privacidad tan marcado que su mano sencillamente se negó a girar el pomo sin antes anunciar su presencia.

Lillian acudió a la puerta y la hizo pasar.

—Bienvenida —dijo—. ¿Qué te parece mi restaurante?

Chloe paseó la mirada por las mesas, acurrucadas en sus rincones, las mantelerías blancas, almidonadas, pesadas, los candelabros sólidos, de plata. A sus pies, el suelo de madera tenía un lustre marrón y se veía pulido por el uso; encima del friso de madera, las paredes estaban adornadas con platos pintados a mano y grabados de pueblecitos de aspecto europeo, aunque Chloe no estaba segura.

—Es precioso —dijo Chloe—. Pero ¿por qué ibas a querer que trabajara para ti? ¿Aquí?

—Bueno, digamos que sé por experiencia propia que las personas que parecen distraídas en ocasiones resultan contarse entre las personas más interesantes que puedas conocer jamás.

—Nadie hasta ahora me lo había descrito desde esa perspectiva.

—Todo depende de lo que ocurre cuando prestas atención.

—¿Y cómo piensas conseguir que lo haga? Lo digo porque mi novio ya me da un grito cada vez que tiro algo.

—¿Y qué? ¿Funciona?

—Pues no del todo que digamos. —Chloe sonrió a su pesar.

—Entonces opino que habrá que probar con algo diferente. ¿Te atreves?

—Claro. —A Chloe le sorprendió el ímpetu de su propia voz.

—De acuerdo, entonces. Quiero que te aprendas esta habitación, signifique lo que signifique eso para ti. Estaré de vuelta en cinco minutos. —Lillian cruzó la puerta de la cocina y desapareció.

Chloe se la quedó mirando, los ojos como platos, sin dejar de preguntarse dónde estaría el resto del personal, cuándo empezaría a llegar la clientela, por qué no se oía ruido alguno en la cocina.

—Por cierto —le llegó la voz de Lillian desde la cocina—, cerramos los lunes por la noche, así que tómate el tiempo que quieras. Y toca cuanto quieras.

Chloe miró la mesa que tenía delante, y alargó la mano para acariciar la tersura del mantel de lino que caía en cascada de la mesa. Levantó una frágil copa aflautada para el prosecco del aperitivo, el tallo tan fino como un palito entre sus dedos, y lo devolvió a su sitio con cuidado. Se acercó a la siguiente mesa, escuchando el sonido de sus pies al deslizarse por el suelo de madera, y continuó hasta la ventana para asomarse al jardín, donde, bajo la luz postrera del crepúsculo, las rosas parecían estar al rojo vivo y las hojas de los cerezos se perfilaban con hiriente definición. Levantó sin hacer ruido una silla y la separó de la mesa de la ventana, luego se sentó y observó, de nuevo, el comedor.

Lillian entró en la estancia y Chloe se levantó de un salto.

—No —dijo Lillian—. Haces muy bien en sentarte. Uno debe conocer el lugar donde trabaja.

—Me encanta este sitio —dijo Chloe, pero se detuvo.

—Entonces estarás atenta —dijo Lillian.

—No sé si podré. ¿Y si rompo algo? No podría soportarlo.

—Está bien, vamos a probar una cosa. Cierra los ojos y camina hasta la puerta de la cocina.

Chloe imaginó al instante un buen número de razones por las que aquélla era una de las peticiones más cuestionables que le habían hecho jamás. Pero no parecía que a Lillian le importasen lo más mínimo los cientos y probablemente miles de dólares que separaban a Chloe de la puerta de la cocina. De modo que, al cabo de un minuto, en tanto que Lillian seguía esperando pacientemente, Chloe decidió que las cristalerías y vajillas eran de Lillian al fin y al cabo, así que cerró los ojos y empezó a arrastrar los pies por el suelo de madera, muy, muy despacio.

—Puedes ir más deprisa —oyó que decía Lillian a su derecha—. Conoces bien el camino.

Y Chloe se dio cuenta de que, en efecto, así era. Estaba la mesa de dos al lado de Lillian, la más próxima a la puerta delantera, pero pegada a la ventana que daba al porche de delante y al jardín y la verja, más allá. Estaba la mesa de cuatro de su izquierda, en el centro de la sala, que aunque podría haber dado la sensación de estar algo expuesta no lo estaba porque la iluminación era más tenue, y estaba también, se acordó, la silla que sobresalía algo más de lo normal de su mesa, así que se desvió ligeramente hacia la mesa de dos, sintiendo cómo sus dedos recorrían el respaldo de una silla y se precipitaban al espacio en el que se abría la puerta de la entrada. Desde allí, ya sólo tenía que seguir de frente prácticamente el resto del camino, si bien serpeando un poquito a derecha y a izquierda. Podía adivinar, se percató Chloe, cuándo se acercaba a una mesa por el olor a velas y almidón, y por los pequeños cuencos blancos de sal especiada que liberaban al ambiente un ligerísimo olor a hinojo. Y luego, se encontró con que había llegado a la puerta de la cocina.

—Tampoco la sala es tan grande, después de todo —comentó Lillian.

—Quiero trabajar aquí —dijo Chloe, simplemente—. No tiraré ni una sola cosa.

* * *

Dos meses después, Chloe repararía en las luces encendidas de la cocina del restaurante cuando pasaba por allí un lunes por la noche de camino a casa después de hacer unos recados en la frutería. Al día siguiente por la tarde, nada más llegar al trabajo, Chloe le preguntó a Lillian sobre la actividad en la cocina.

—Es mi escuela de cocina —contestó Lillian—. Doy clases el primer lunes del mes.

—¿Puedo apuntarme?

—Chloe, si quieres trabajar en la cocina, puedo ponerte de ayudante para que vayas aprendiendo.

—No es para dedicarme a ello —farfulló Chloe—. Eso ya lo hace mi novio. Lo que a mí me gustaría es poder cocinar de vez en cuando. Prepararle algo a mi novio cuando vuelve del trabajo y así.

Lillian asintió.

—Ah, ya veo. Pues empiezo un curso nuevo en septiembre. Puedes probar si quieres.

—¿Y cuánto cuesta? —Chloe ya estaba haciendo cuentas en la cabeza. Quería que fuese una sorpresa, pero no sabía si se lo podía permitir, ni cuántos turnos extras podría agregar a su horario sin que Jake se diera cuenta.

—Lo consideraremos un curso de formación continua por el momento, ¿te parece?

* * *

La primera noche de clase, Chloe se percató al instante de que era, como mínimo, diez años más joven que los demás, lo cual no contribuyó precisamente a atenuar su nerviosismo. Lillian reparó en ella desde el otro extremo de la cocina y sonrió, pero no hizo ademán de presentarla al resto de los alumnos. Chloe se fue hasta el fregadero para lavarse las manos y se colocó junto a una mujer de aspecto frágil con el pelo blanco.

—¿Vienes con alguien? —preguntó la mujer afablemente—. ¿Con tu madre, quizá?

—No —dijo Chloe en tono ligeramente desafiante.

La mujer la evaluó con la mirada.

—Mejor para ti —dijo—. Soy Isabelle.

Esa primera noche, Chloe dudó de si sería capaz de matar un cangrejo, pero se acordó de su experimento a través del comedor y cerró los ojos. Desde la oscuridad de su mente, notó la vida del cangrejo bajo sus dedos, y se dolió de su final, sencilla y profundamente, antes de arrancar el caparazón lo más rápido que pudo. Luego, cuando llegó el momento de comérselo cerró los ojos de nuevo, y sintió la vida renacer en su interior.

Al finalizar la clase, Lillian la cogió del codo un instante cuando ya se iba.

—Estás aprendiendo, Chloe. Puedes sentirte orgullosa.

Aunque adoraba las clases y a sus compañeros, Chloe no tuvo valor de poner en práctica lo aprendido hasta la noche de Tom con la pasta. Chloe le había observado atentamente —el gesto delicado en su rostro mientras trabajaba, aquella manera que tenían sus manos de tocar los ingredientes como si fueran el cuerpo de un ser amado—, y decidió que ése sería el plato que le prepararía a Jake, y él vería su comida como fruto del amor.

Por aquel entonces, su relación con Jake no era fácil. Aun cuando ella estaba consiguiendo conservar un trabajo estable, el torrente de comentarios no cesó; sólo cambió de curso. Su pelo (ella quería dejarse su tono natural; él pensaba que el color castaño era aburrido), su ropa (no lo bastante seductora para él, demasiado subida de tono para el mundo exterior), sus ideas (inexistentes). Chloe se sentía a veces como si él la estuviera atando a una pelota pequeña, lo bastante pequeña para poder arrojarla bien lejos de él.

Chloe tardó una semana en reunir el valor, y el dinero, necesarios para preparar la salsa para la pasta: quería comprar vino tinto del bueno, intenso y fuerte, pero suave al corazón; Lillian había dicho que la salsa seguiría la huella del vino. A pesar de tantos preparativos, Chloe tuvo que pedirle a Lillian al final que le comprara el vino, dado que ella no tenía edad suficiente para comprarlo.

—Tengo una idea mejor —le había contestado Lillian—. Ven conmigo.

Contemplaron el botellero del restaurante.

—Tú sabes que podría meterme en un buen lío haciendo esto —comentó Lillian con una sonrisa atribulada—. Pero bueno, digamos que te lo doy a modo de estímulo culinario. —Lillian extrajo una botella, limpió de polvo la etiqueta y se la presentó a Chloe—. Te lo ruego, pon esto bien al fondo de tu mochila, ¿quieres? Detestaría perder la licencia.

* * *

Cuando estuvo en su apartamento, Chloe sacó de la mochila el vino y los tomates en conserva, la carne y los cubitos de caldo. El ajo del supermercado estaba negro de moho, así que había decidido probar en el puesto de verdura. Hacía frío en la calle, y aunque la tienda le quedaba a un kilómetro, en la otra punta de la ciudad, estaba exultante de energía ante la perspectiva de ponerse a cocinar. Chloe salió del apartamento, con la bufanda enrollada al cuello y tapándole la nariz, respirando el aire húmedo de su propio aliento, el frío picándole las pestañas.

Llegó al puesto, zapateó para desentumecerse los pies, y se adentró en la relativa calidez del recinto entoldado. Después del invierno del exterior, se le antojó como un carnaval de vida, con aquellas pilas de pimientos verdes y manzanas rojas, naranjas rutilantes, alcachofas picudas y peludos kiwis. Encontró el ajo, pero no pudo resistirse al encanto de un tomate rojo, redondo, que tenía todo el aspecto de acabar de ser cosechado.

El tendero se acercó a ella.

—¿Querías algo? —preguntó, no sin cierto recelo. Había un instituto en los aledaños; el puesto de fruta era un destino lógico para hurtar una pieza de fruta para el almuerzo.

Chloe, inmersa en las rojas profundidades del tomate, no captó el tono de advertencia en su voz y se volvió sonriendo.

—¿De dónde ha sacado este tomate tan hermoso?

La expresión en el rostro del tendero se relajó.

—Lo he cultivado yo mismo, en un invernadero —dijo—. No suelo traer muchos.

—Es que voy a preparar una salsa de tomate especial —explicó Chloe, con una mezcla de orgullo y apuro en la voz. Entonces reparó en la expresión de él—. Oh, no, no lo añadiría nunca a la salsa. —Trató de hallar la forma de hacerse entender—. Es sólo para que me ayude a recordar por qué.

El dueño la escrutó con la mirada.

—Pues tuyo es —dijo con un ademán—. El ajo sí puedes pagarlo.

* * *

Cuando entraba de nuevo en el apartamento, le llegó a Chloe el aroma a carne frita. Jake estaba delante del fogón, espátula en mano.

—¡Hola! ¡Gracias por hacer la compra! —exclamó—. Tendré las hamburguesas listas en un par de minutos.

—Es que tenía pensado hacer pasta... —dijo Chloe parándose antes de acabar la frase.

—Oh, déjalo, tardaríamos demasiado. —Vio que ella tenía los ojos clavados en la botella descorchada que sostenía en la mano—. Buen vino, cariño, gracias —comentó dando un trago—. ¿Es que intentas ganar puntos para San Valentín?

Charlie sacudió la cabeza.

—Ahora vengo. Tengo que hacer una cosa.

—Pues date prisa que las hamburguesas casi están.

Chloe bajó las escaleras hasta la calle y rodeó el edificio de apartamentos hasta la parte de atrás. Apoyó la espalda contra la pared, respirando agitadamente.

—Estúpida —murmuró para sí—. ¿Qué te creías que iba a pasar?

Luego levantó la tapa del enorme contenedor azul de basura y arrojó al interior la pequeña bolsa de papel que durante todo ese rato había llevado en la mano.

* * *

La noche siguiente, Chloe rompió en el trabajo dos copas de vino y echó un cuchillo de cortar en la pila llena de agua para lavar las cazuelas. Cuando el lavaplatos sacó la mano de un salto y dejó que por su boca saliera una auténtica paella de insultos en español, Lillian se llevó a Chloe aparte.

—*Ahora* sí que no estás prestando atención.

Chloe la miró, presa de pánico.

—No me eches, por favor.

—No te estoy echando, Chloe. Te estoy prestando atención. De eso es de lo que se trata. ¿Crees que podrás hacer lo mismo por mí esta noche?

Chloe asintió.

—Y asegúrate de venir el lunes a clase.

* * *

El lunes por la noche, Chloe se encontró al resto de sus compañeros esperando en la calle. Unos minutos más tarde apareció Lillian, corriendo por el sendero hacia ellos, con varias bolsas de papel marrón en la mano, y el pelo suelto revoloteándole a la espalda.

—Perdonen que llegue tarde —les gritó al aproximarse—. Es que tenía que ultimar unas cosillas.

Se abrió camino entre los allí reunidos, saludando a su paso a cada uno de ellos, y abrió la cerradura, accionando el interruptor de la luz con el dedo gordo al entrar. Los alumnos ocuparon las sillas, y Chloe acabó sentada junto a Antonia de casualidad.

—Bien. —Lillian colocó las bolsas sobre la mesa de madera y se dirigió a la clase—. Para esta noche tengo planeado algo especial. Sé que últimamente hemos preparado cenas más complicadas, pero una de las lecciones esenciales en cocina es lo extraordinaria que puede llegar a ser la más sencilla de las comidas si se prepara con amor y buenos ingredientes. Así que esta noche, resguardados del frío y el viento de ahí fuera, experimentaremos una dicha simple y natural.

Se oyeron unos golpecitos en la puerta de la cocina. Los alumnos se volvieron sorprendidos.

—Justo a tiempo. —Lillian fue hasta la puerta y abrió. La mujer que estaba fuera tenía la piel bronceada surcada de arrugas y el pelo blanco, blanco. Lo que se había echado en años, parecía haberlo perdido en estatura, y como mucho le llegaba a Lillian al hombro—. Escuchen todos —dijo Lillian, sonriendo—, ésta es mi amiga, Abuelita. Esta noche nos echará una mano.

Abuelita entró en la estancia y paseó la mirada por las dos filas de alumnos.

—Gracias por invitarme —dijo, su voz cálida y carrasposa por la edad—. Deben de ser una clase especial porque Lillian nunca me había pedido que viniera a echarle una mano. Aunque quizá sea porque se está haciendo mayor y perezosa. —Y entonces guiñó un ojo.

Antonia se inclinó hacia Chloe.

—Me recuerda a mi *nonna*. A lo mejor puede contarnos algún secreto de Lillian.

Chloe la miró atónita —hasta ese momento, la joven mujer, con su aceitunada belleza natural y un acento que parecía estar invitando a los hombres a su lecho, era para ella alguien a quien había que observar en sobrecogido silencio—, pero Antonia siguió mirándola, los ojos chispeantes de malicia, y Chloe no pudo sino sonreír de oreja a oreja.

—Como por qué no se ha casado... —sugirió.

—O dónde vive —susurró Isabelle, inclinándose hacia delante en ademán confabulador.

—A ver, ustedes, ya está bien de charla —dijo Lillian divertida—. Chloe, parece que te sobra la energía esta noche, ¿por qué no vienes y nos echas una mano?

Chloe empezó a sacudir la cabeza, pero Antonia le dio un empujoncito de ánimo en el hombro.

—Anda, ve. Debes hacerlo.

Chloe fue hasta la mesa y se colocó un poco apartada de Lillian y Abuelita.

—Abuelita fue mi primera profesora de cocina, y me enseñó a hacer tortillas —explicó Lillian—. Bueno, para que fueran auténticas de verdad —Lillian se volvió hacia Abuelita y le hizo una pequeña reverencia—, la masa tendríamos que haberla hecho nosotros mismos. Para ello se prepara primero el nixtamal, maíz seco puesto en remojo y luego cocido en agua con cal en polvo; una vez molido, se añade a la harina; por fortuna para nosotros, Abuelita tiene una fabulosa tienda donde se puede comprar la harina ya hecha.

—De niña —comentó Abuelita—, yo estaba encargada de moler el maíz. Teníamos una piedra enorme, llamada metate, con una depresión en el centro, y yo me arrodillaba delante y manejaba la mano, que es como un rodillo de piedra. Se tarda muchísimo tiempo en moler harina suficiente para una tortilla, ¿sabían?, y hay que tener fuertes los brazos. Y las rodillas. Así es más fácil —dijo levantando el paquete de masa harina y vertiendo un río amarillo de harina de maíz en la ensaladera—. Ahora, añádele un poco de agua —dijo, y le tendió la ensaladera a Chloe.

—¿Cuánta? —preguntó Chloe.

Los ojos de Abuelita exploraron a Chloe, la sudadera formando bolsas a la altura de sus delgados hombros, los ojos perfilados de negro. Se encogió de hombros, un movimiento tan efímero y casual como el viento sobre la hierba.

—La que te parezca.

Chloe lanzó una mirada de desesperación a Antonia e Isabelle, que respondieron con gestos de ánimo, y a continuación se fue hasta el fregadero y abrió el grifo, percibiendo cómo los suaves granos que tenía entre los dedos se volvían fríos y resbaladizos bajo el chorro de agua. Cerró el grifo y mezcló el líquido y la harina con las manos. Demasiado seco aún. Añadió un poco más de agua, volvió a mezclarlo todo, añadió un poco más, comprobando finalmente que los dos elementos se habían transformado en uno.

—Ya lo entiendo —dijo levantando la vista hacia Abuelita.

—Bien —contestó Abuelita—. Ahora, coges un poco de masa y haces una bola. —Cogió un pellizco de masa y la hizo rodar entre las palmas de las manos, con un movimiento fluido y confiado, mientras los alumnos la observaban—. Luego la palmeas —dijo, pasándose la bola de una palma de la mano a la otra, aplastándola. Se detuvo un instante, encorvó las puntas de los dedos, e hizo rotar la masa en círculos, estirando el borde hacia fuera, creando una torta perfectamente redonda, para a continuación volver a palmearla, rítmica y rápidamente.

—Es como contemplar una cascada —comentó Carl encantado desde la fila de atrás.

—Dicen que hace falta palmear la masa treinta y dos veces para conseguir una tortilla —apuntó Lillian.

Abuelita soltó una risita, sin perder el ritmo.

—Cuánta precisión para una mujer que no cree en las recetas.

—No es que *ella* lo haga, tampoco —replicó Lillian.

—Cuando es importante. —Abuelita dejó la tortilla acabada, cogió otro pellizco de masa de la ensaladera y se la dio a Chloe—. Ahora prueba tú.

Chloe vaciló y la hizo rodar entre las palmas de las manos.

—Es como plastilina —comentó—, sólo que un poco más blanda. —Empezó a pasarse la bola de una mano a otra, aplanándola. Al cabo de un rato, miró la masa con abatimiento, el borde quebrado y abierto, formando algo así como los pétalos marchitos de una flor, el espesor irregular, desigual. La lió en una bola otra vez y empezó a palmearla de nuevo, con determinación.

—Esto no es un partido de béisbol —dijo Abuelita al rato, aunque con voz amable—. Ten calma. —Tomó entre sus manos las de Chloe, sosegándolas—. Imagina que estás bailando con alguien a quien amas. Por nada del mundo querrías despegarte de él. Sólo tienes que pensar en eso y en nada más.

Chloe volvió a empezar, despacio. Sentía cómo la bola de masa iba y venía, iba y venía. Poco a poco, comprobó cómo la forma se abría, extendiéndose como otra mano, tibia por el contacto con la suya, deslizándose a lo largo y ancho del espacio ínfimo que se abría entre las palmas de sus manos. Aceleró la marcha. El ritmo era relajante, el sonido de sus manos como gotas de lluvia precipitándose por un canalón.

—Creo que así está bien —dijo Abuelita después de un minuto más o menos.

Chloe bajó la vista para contemplar la tortilla acabada en su mano.

—Ha sido increíble —le dijo a Abuelita—. ¿Pueden intentarlo los demás?

Abuelita le tendió la ensaladera y Chloe se paseó con ella entre las filas de alumnos. Cada uno formó una bolita de masa y empezó a palmearla, riéndose con cada error, y cogiendo ritmo después, hasta que el sonido de sus manos se tornó en una apagada ovación colectiva.

—Luego, naturalmente, están las prensas de tortillas —dijo Lillian. Sacó de debajo de la mesa un objeto metálico, dos discos unidos por una bisagra. Lo abrió y cerró para mostrarles dónde iba la masa, cómo se aplastaría bajo la presión del disco superior—. Pero creo que todos los días se merecen un aplauso.

—¿Y qué me dices de un baile? ¿Saben que esta mujer, aquí donde la ven, baila de miedo? —preguntó Abuelita a la clase, los ojos chispeantes.

—Lo que nos lleva a la salsa —se apresuró a atajarla Lillian, mientras sacaba una bolsa de papel marrón y la colocaba encima de la mesa—. Antonia —dijo, truncando la pregunta que Chloe vio que empezaba a formarse en los labios de Antonia—, ¿puedes ayudar a Abuelita a cocer las tortillas mientras Chloe y yo picamos los ingredientes?

»Aquí tienes —se dirigió a continuación a Chloe, y le tendió un cuchillo afilado.

—¿Me estás pidiendo que use esto? —le dijo Chloe a Lillian en voz baja—. Ya sabes cómo soy yo con los cuchillos. —Lillian se limitó a asentir.

Mientras tanto, junto a la plancha caliente, Abuelita explicaba a Antonia el proceso de cocción.

—Como medio minuto por cada lado. Tienen que hincharse formando pequeñas ampollas; si no es así, puedes presionarlas ligeramente con dos dedos antes de voltearlas.

Lillian sacó una cosa de su bolsa y se la puso a Chloe en la mano.

—Toma —dijo—, empieza con esto.

Chloe jamás había visto un tomate igual, bulboso e hinchado, más chato que espigado, con lóbulos que recorrían el fruto de arriba abajo, turgentes, a punto de estallar. Era de color rojo, naturalmente, si bien con multitud de tonalidades, como sacadas de la paleta de un pintor, de granate oscuro a casi naranja, con vetas verdes y amarillas. Su reconfortante peso llenaba su mano, los lóbulos deslizándose entre sus dedos. Lo apretó con suavidad, y se detuvo, al sentir cómo la piel cedía al tacto.

—Esto es un tomate *heirloom* —explicó Lillian a la clase—. Es una variedad que, normalmente, sólo se encuentra en agosto y septiembre, pero hoy hemos tenido suerte.

El aire empezaba a llenarse del aroma dulzón del maíz tostado, el suave susurro de las tortillas surcando el aire, y aterrizando luego en la parrilla, la conversación murmurada de Abuelita y Antonia, algo sobre las abuelas, se diría. Chloe colocó el tomate sobre la tabla de picar. Le sorprendió descubrir el afecto que sentía por aquellos singulares bultos. Probó la punta del cuchillo y la superficie cedió rápida y limpiamente, dejando expuesto el carnoso interior, el jugo esparciéndose por la tabla de madera junto con unas pocas semillas. Agarró el cuchillo con firmeza, atravesó el arco del tomate de un solo corte, y la rodaja cayó limpiamente a un lado.

—Bien —observó Lillian, y Chloe continuó, rodaja tras rodaja, asombrada por la habilidad con la que había obtenido seis rodajas del fruto que tenía delante, y con la que después las cogió y las picó en pequeños y aseados cubitos.

—Es hora de hacer un descanso. —Abuelita se acercó a Chloe con una tortilla recién hecha—. Déjala extendida sobre la palma de la mano —indicó—, y ahora pásale la barra de mantequilla por encima y échale un poco de sal. —Chloe se llevó la tortilla a la boca, respirando el redondo y cálido olor del maíz y la mantequilla fundida, suave como la mano de una madre acariciando la espalda de su hijo adormilado.

—¿Qué otra cosa puede nadie querer comer después de probar esto? —preguntó Chloe cuando hubo terminado.

—¿Salsa, quizá? —comentó Lillian, pasándole a Chloe el cilantro chorreante de agua.

* * *

Una vez terminada, la salsa era una celebración de rojos y blancos y verdes, fría y fresca y picante. En la tortilla, con un poco de queso fresco desmigajado, resultaba gratificante y vigorizante a un tiempo, llena de texturas y aventuras, como si uno sostuviese la infancia en la mano.

Chloe sostenía la tortilla sobre un platito, observando cómo las gotas de jugo de tomate y de mantequilla aterrizaban sobre la porcelana blanca. Todos callaban, absortos en la comida que sostenían en la mano. Abuelita y Lillian estaban junto a la mesa, inclinadas la una hacia la otra, cuchicheando, mientras Antonia sacaba las últimas tortillas de la plancha y las colocaba en la pila que aguardaba debajo del trapo blanco de cocina que las mantenía calientes.

Chloe pensó que era como un cuadro. Una receta sin palabras. Se quedó muy quieta, dejándose envolver por la cocina, sintiendo la energía allí contenida, la cual almacenaría hasta la tarde siguiente cuando tras la llegada de cocineros, recogeplatos y clientes volvería a transformarse en algo más que la acumulación de su bullicio y sus ingredientes, y la comida que cocinaran se tornaría en risa y romance, cálida y luminosa y dorada. Sonrió.

Lillian se acercó, sacó el último tomate de la bolsa y se lo tendió a Chloe.

—Creo que te lo has ganado —dijo.

* * *

La clase había terminado. Abuelita ya se había ido a casa, no sin antes comentar con una carcajada que era demasiado vieja para trasnochar. Los demás se fueron solos o en grupos; Claire mendigando unas tortillas para sus hijos, Ian arrastrando a Tom al jardín mientras le decía que quería preguntarle algo, Helen y Carl ofreciéndose a llevar a Isabelle a su casa.

En la cocina reinaba el silencio, tan sólo se oía el entrechocar de las ensaladeras que Chloe devolvía a su sitio, el susurro del trapo con el que Lillian terminaba de limpiar la encimera. Se oyó la puerta al cerrarse detrás de Antonia que estaba llevando las últimas sillas abatibles de madera al cobertizo del jardín.

—¿Me dejas hacerte una pregunta? —Chloe fue al encuentro de Antonia cuando ésta volvió a entrar por la puerta.

—*Certo.* Por supuesto.

—Eres tan guapa… —Chloe se atrancó—. Yo no…

—Ahhh... —Antonia sonrió y se volvió hacia Lillian—. ¿Podemos usar el cuarto de baño un momento? —Lillian asintió, y Antonia cogió un trapo limpio de cocina y se llevó a Chloe de la mano, cruzando el comedor del restaurante, hasta el diminuto cuarto de baño femenino pintado de verde. Antonia se plantó delante del espejo y se quitó el pasador con el que se había estado sujetando las ondas de su pelo negro, para a continuación apartarle a Chloe con mucha maña los rizos castaños de la cara.

—Perfecto —dijo Antonia a la vez que prendía el pasador al pelo de Chloe—. Y ahora, agua.

—¿Qué?

—La cara, por favor. —Abrió el grifo de agua caliente.

Chloe se llenó el hueco de las manos de agua caliente y se las llevó a la cara. Sintió cómo el calor entraba en contacto con su piel, el olor, levemente metálico, verde como la estancia a su alrededor. Todo era silencio en el espacio creado entre sus manos y su cara, limpio, seguro.

—Y ahora jabón.

Chloe frotó en sus manos la pastilla de jabón, la fragancia a romero cosquilleándole en la nariz; luego se restregó, aclaró y secó la cara con el trapo que Antonia le tendió, y contempló horrorizada las gruesas marcas negras que ahora surcaban el fondo blanco.

—*Ancora.* Otra vez. —Antonia sonrió.

—Cuando vea la toalla, me va a matar.

—Usa más jabón esta vez. Y no, vas a ver como no te mata.

Finalmente, Antonia se retiró y Chloe se miró al espejo. El reflejo de su cara le devolvió la mirada, tan abierta, sus ojos enormes y azules, su pelo apenas contenido.

—Ingredientes esenciales —sentenció Antonia—, *sólo los mejores.*

—Pero *tú* eres hermosa —insistió Chloe.

Antonia se rió en voz baja.

—Yo solía decirle eso a mi madre a todas horas. La veía en la cocina o en el jardín cavando, y pensaba que era la persona más bella que jamás había visto. Yo no era una adolescente guapa. ¿Y sabes lo que me decía siempre?

Chloe sacudió la cabeza.

—Me decía, la *vida* es bella. Lo que pasa es que hay personas que hacen que lo recuerdes más que otras.

* * *

Cuando regresaron a la cocina, Lillian había sacado de la cámara una fuente de éclairs de chocolate.

—La especialidad de Stacy. Quedan estos pocos que sobraron del domingo. ¿Se les antojan?

—¿De verdad? —Antonia y Chloe se unieron rápidamente a Lillian junto a la mesa. Chloe se sirvió un éclair en el plato blanco que le pasó Antonia. Pasó el dedo por la superficie y sintió cómo el espeso y pesado chocolate se derretía en su boca.

—Mmmmmm. Dile a Stacy que están riquísimos.

—A mí lo que más me gusta es el relleno —comentó Antonia, a la vez que partía el éclair delicadamente por la mitad y mojaba la punta del dedo en la crema del centro—. Mi madre siempre me regañaba por comerme el relleno antes que el pastel.

Sonó entonces el teléfono móvil de Antonia, y ésta miró la pantalla.

—¿Qué es eso que se dice? ¿Hablando del rey de Roma por la puerta asoma? —Ellas la miraron desconcertadas—. Es mi madre —explicó—. ¿Me disculpan un momento?

Desplegó el teléfono y se dirigió hacia el comedor. Chloe oyó su voz justo antes de que la puerta se cerrara.

—*Pronto? Sì, ciao. Sto bene, e tu?*

Chloe permaneció un instante con la mirada fija en la puerta batiente cerrada. Todavía se escuchaba la voz de Antonia, charlando con entusiasmo.

—Yo nunca he hablado así con mi madre —dijo Chloe, y su voz sonó como el café cuando se le deja hervir demasiado. Se volvió hacia Lillian—. ¿Y tú?

—Lo hicimos durante un tiempo; murió cuando yo tenía diecisiete años.

Chloe se ruborizó.

—Lo siento. —Y entonces, porque era demasiado joven e incapaz de reprimirse, preguntó—: ¿Y qué hiciste después?

—Cocinar. —E hizo un gesto con las manos que abarcaba la cocina y el comedor—. Y tuve suerte, ya conocía a Abuelita. —Apoyó su mano brevemente sobre el hombro de Chloe, recogió la fuente y desapareció con ella en el interior de la cámara, mientras Antonia cruzaba la puerta batiente, riendo.

—Ya ves, mi madre, que le gusta llamarme a estas horas —le dijo a Chloe—. Dice que es lo único que tiene de bueno que yo viva tan lejos; puede desearme los buenos días y las buenas noches al mismo tiempo. Para ella es de día, y de noche para mí. Y luego siempre me pregunta cuándo voy a volver y casarme con Angelo.

—Un momento —la atajó Chloe—. ¿Quién es Angelo?

Lillian, quien en ese momento salía de la cámara, arqueó una ceja.

—Oh, no es que esté mal. Es un buen hombre. Pero ni él va a casarse conmigo ni yo con él.

Lillian y Chloe intercambiaron miradas.

—Yo sé quién te gusta. —El tono de Chloe era malicioso—. El caso es si reunirá alguna vez el valor suficiente para dar el paso.

—Vamos, Chloe. —El tono admonitorio de Lillian se diluyó en una sonrisa que no pudo controlar—. Sabes perfectamente que hay panes que tardan más en crecer que otros.

Chloe se rió.

—Sí, ya, pues entonces puede que haya llegado el momento de golpear la masa.

* * *

Cuando llegó a casa era casi medianoche. Jake la estaba esperando en la cocina.

—¿No trabajabas los lunes por la noche? —preguntó Chloe.

—Sí, pero no a estas horas. —La miró detenidamente—. Pareces distinta. ¿Dónde estabas?

—Con unos amigos. —Ella leyó la expresión en su rostro—. Me he apuntado a un curso, ¿vale?

—Así que preparándote para entrar en la universidad, ¿eh? —El sarcasmo se ovilló en su voz como un gato.

—Es un curso de cocina.

A Jake se le mudó el semblante y Chloe pudo escuchar en el aire el eco de una puerta que se cerraba.

—Aquí el cocinero *soy yo* —dijo.

Chloe se apoyó contra el marco de la puerta, sintiendo el tacto de la arista de madera contra la columna. Llevaba en la mano el tomate que Lillian le había regalado, su peso consistente y reconfortante.

—Opino que también puedo serlo yo.

—A cada cocina le corresponde un chef.

Chloe ponderó su afirmación durante unos instantes.

—Vaya —dijo—, creo que estoy completamente de acuerdo contigo. —Depositó el tomate con suma delicadeza sobre la encimera, esquivó a Jake para entrar en el dormitorio y empezó a embutir su ropa en bolsas de papel marrón. Jake no se movió. Cuando alcanzó de nuevo la puerta de entrada, bolsas en mano, se volvió hacia él e hizo un ademán hacia la encimera de la cocina.

—Es un buen tomate, no hace falta que lo mezcles con nada.

Salió, cerró la puerta del apartamento tras ella, y se reclinó contra la jamba.

—Oh, mierda —dijo con una risita nerviosa—. ¿Y ahora qué hago?

Isabelle

Isabelle franqueó la puerta de la cocina de *Lillian's* y se detuvo en seco, desconcertada. La actividad era frenética, y las encimeras aparecían ya repletas de comida. ¿Podía ser que llegase tarde a clase? Pero aunque así fuera, ¿quién era la jovencita que iba y venía del fogón a la pila donde Isabelle siempre se lavaba las manos antes de empezar la clase? ¿Quién el hombre que entraba en ese instante en el comedor con una ristra de platos en el brazo como perlas en un collar?

Isabelle se sintió confundida. No era la primera vez que le sucedía algo semejante, como si la vida hubiese cambiado de pronto el rollo del proyector a media película. Personas e imágenes flotando hacia ella, a su alrededor, alimentando en ella el deseo imperioso de encontrar un momento reconocible, una voz o rostro familiares a los que poder anclar el resto y, con ellos, a sí misma. En aquellas ocasiones, Isabelle recurría a los consejos de su niñez. Su madre siempre decía: «Si te pierdes, quédate donde estás hasta que alguien te encuentre».

—Isabelle. —Lillian se aproximaba a ella. Después de todo, no pasaba nada; si la profesora de cocina estaba allí, entonces es que era la hora de clase—. Isabelle —dijo Lillian, y su voz sonó como el sol iluminando la hierba—. Vaya, qué suerte la mía. Justo quería que probaras nuestro nuevo menú, y aquí te tengo. —Sus dedos tocaron el hombro de Isabelle, su sonrisa abierta y encantadora—. Tengo la mesa perfecta para ti; podemos colarnos por la cocina, como espías culinarios.

Lillian la cogió por el codo con delicadeza y se abrió camino entre el ajetreo de cocineros y camareros, los tallos de apio y cáscaras de huevo y viveros de almejas y mejillones, el olor a pimiento frito y el vapor del lavavajillas, hasta la puerta que daba paso al comedor y a la dulce y suave luz de las velas, el tintineo de los cubiertos contra la porcelana y el frufrú de las pesadas servilletas colocadas contra el regazo.

—¿Estarás bien aquí? —preguntó Lillian, mientras Isabelle se hundía agradecida en una silla de grueso tapizado. La mesa era pequeña y redonda y estaba encajada en un mirador con vistas al jardín.

Isabelle se percató de que había más gente en el comedor; se preguntó si la clase estaba celebrando una fiesta.

—¿Hoy es lunes, verdad? —preguntó a Lillian.

—No, querida, es domingo. Pero ¿te quedarás de todas formas, verdad? Nada me haría más feliz.

* * *

Isabelle comparaba su mente con un jardín, un lugar mágico donde jugaba de niña, cuando los adultos conversaban y se esperaba de ella que escuchara educadamente, e incluso después —y detestaba reconocerlo— con Edward, su esposo, cuando escucharle hablar sobre los entresijos de su oficio como vendedor de alfombras podía con su paciencia. Cada año que pasaba, notaba cómo el jardín se hacía más grande, y los senderos se volvían más largos y sinuosos. Praderas de recuerdos.

Aquel jardín mental, como cabía esperar, no siempre había recibido todos los cuidados. Estaban los años en los que los niños eran pequeños, periodos fugaces en los que la vida pasaba volando sin que hubiera tiempo de enraizarse en reflexiones profundas, y aun así sabía que los recuerdos se crean de todas formas, consciente o inconscientemente. Siempre consideró que uno de los lujos de hacerse mayor sería la oportunidad que ello le brindaría de pasearse por el jardín que había crecido mientras ella no miraba. Se sentaría en un banco y dejaría que su mente recorriera cada sendero, recapacitara sobre cada momento pasado por alto, apreciara la yuxtaposición de un recuerdo sobre otro.

Pero ahora que era mayor y disponía de tiempo, descubrió que las más de las veces se hallaba perdida: las palabras, los nombres, los números de teléfono de sus hijos llegaban y se iban de su mente como trenes sin un horario preestablecido. Sólo unos días antes había tardado cinco minutos en introducir la llave en la cerradura de la puerta de su coche, y todo para darse cuenta después de que el automóvil que tenía delante guardaba cierto parecido con otro que había tenido quince años antes. Ella no habría caído en su error si no llega a ser por el dueño del coche, quien al salir del supermercado la ayudó, pulsando aquel curioso botoncito del mando integrado a la llave de su coche y encendiendo los pilotos del vehículo, tres plazas más allá, que era plateado, en lugar de verde, y pequeño, en vez de tamaño familiar.

* * *

Lillian se aproximó a la mesa de Isabelle y vertió un espumoso vino blanco seco en una copa alta y aflautada. El pálido y dorado líquido rutilaba a la luz de las velas, misterioso y alegre.

—Burbujas para los sentidos —dijo Lillian—. Provecho.

Isabelle miró en torno suyo. La sala estaba ocupada en su mayoría por parejas, inclinados sus miembros el uno hacia el otro desde los extremos opuestos de la mesa, confinados en el halo, iluminado por las velas, de su intimidad. Dedos que buscaban otros dedos, o bien revoloteaban en el aire, dibujando el perfil de una historia. Aquello hizo que Isabelle se preguntase si un ritmo podía guardar una historia en su interior, si un movimiento podía remover los recuerdos del modo con que lo hacían un olor o una imagen. Quizá había senderos en el aire, creados por sus manos en el transcurso de muchos años de contar anécdotas, que aguardaban para conducirla de regreso a historias que ya no recordaba. Se puso a mover las manos a modo de experimento, pero se detuvo. Era justo lo que hacían los viejos. Levantó su copa y miró con aire de indiferencia por la ventana al jardín en sombras.

* * *

No se esperaba que las burbujas del vino le afectaran la nariz de aquel modo, como niños pequeños y risueños. Sus hijas, que apenas si sabían andar, el pelo rubio devenido en marrón oscuro por efecto del agua, en una bañera medio llena que, no obstante, se desbordaba con su chapoteo, empapándole la camisa y el vientre donde alojaba la tercera criatura, su risa inmensa y rotunda rebotando contra el alicatado, expulsando el día y haciendo hueco para los sueños. Edward llegando a casa, siguiendo el ruido hasta la puerta del baño, donde se anclaba, maduro y divertido, mientras ella se retiraba el pelo humedecido de la cara y levantaba la vista hacia él. Las niñas, luego, desembarazándose de las toallas como bailarinas y echando a correr por el salón, con sus culitos rollizos y vientres hinchados y orgullosos, hasta que, atrapadas en sus pijamas, por fin, se sentaban en el sillón, templadas y dulces como la leche, mientras ella les contaba el cuento del conejito de campo con los zapatos mágicos hasta que caían en un sueño apacible y ella se sentaba e imaginaba lo que sería tener unas zapatillas doradas con las que poder volar a lo largo y ancho del mundo y hacer cosas extraordinarias y estar de vuelta por la mañana.

* * *

Lillian colocó un plato de ensalada en la mesa de Isabelle.

—Esto es nuevo —comentó—, dime qué te parece.

Isabelle cogió su tenedor con deferencia y pinchó las hojas de lechuga, verde claro y oscuro, rizado magenta, el rojo de los arándanos secos y las pálidas lunas de las almendras. Sabían al primer día de primavera, con la intensidad del arándano secundando rápidamente al firme crujido del fruto seco. Cada sabor, definido, borrado, atenuado levemente por el vinagre balsámico del aliño.

Edward. En el umbral, nuevamente, sin chaqueta pero con corbata aún, observándola preparar la cena en la cocina. En sus recuerdos, era como si Edward siempre hubiese estado en el umbral, no del todo allí. Como si ella fuera el marco de la puerta y el mundo quedara a ambos lados. En esta ocasión él no estaba allí para irse, aunque lo haría, tiempo después. Cuando era sincera consigo misma, se percataba de que él siempre había estado de camino, ya fuera para acercarse o alejarse de ella. Incluso después de marcharse, ya había emprendido el camino de vuelta, pero para entonces ella se había marchado también, tan liviana sin el peso de su mirada sobre ella que en ocasiones llegó a soñar que volaba.

* * *

Isabelle bajó la mirada: el plato vacío de la ensalada había desaparecido sin darse ella cuenta y en su lugar reposaba ahora otro con un lecho de judías blancas, coronado por una rodaja perfecta de salmón, aderezada con tiras de crujientes hojas verdes fritas. Isabelle cogió una de ellas con curiosidad y se la llevó a la nariz. Verde polvoriento, el aroma de una vida hecha de sol y poca agua, el más seco de los perfumes. Salvia.

Al principio anheló el desierto, seco, abrasadores kilómetros de aire cauterizado por el sol, su yerma extensión, cuando Edward, y luego las niñas, se marcharon, dejándola con todo y nada a lo que aferrarse. Se había subido a la cascada camioneta con carrocería de madera y conducido hacia el sur, el ventilador runruneando hasta que abandonó la carretera principal y condujo entre cactus y halcones, bajando las ventanillas en tanto que el mundo, verde plateado, inundaba el interior del olor a salvia.

En el pueblo donde se detendría a poner gasolina vio una galería, una sala sobria y luminosa con tres esculturas blancas de piedra: pulidas, sensuales como dunas. Mientras el encargado de la gasolinera rellenaba el depósito, cruzó la calle y entró en la galería. Contempló las esculturas, siguiendo con los ojos las curvas que hacían que la piedra pareciese antes líquida que sólida. El tiempo aminoró su marcha; no tenía prisa, su coche era el único que había en la gasolinera. Y conforme estudiaba cada escultura, se percató de algo más. No era obvio —una línea semejante a un brazo extendido, la curva del final de una espalda, la depresión en la base de un cuello donde se encontraban las clavículas—, no una parte concreta del cuerpo, sino más bien su esencia, ese pequeño y vulnerable espacio donde mora el alma.

—Poemas de piedra —se dijo en voz baja.

—Sí —oyó que decía una voz, suave y cálida, y una mano le tocó la espalda y fue a apoyarse en la curva interior del omóplato.

Se llamaba Isaac; era más joven que ella, años más joven, y vivía en medio del desierto, en una casa de adobe con descoloridos postigos azules que mantenían el sol a raya durante las horas altas del día, cuando Isaac trabajaba con los ojos cerrados, puliendo los contornos que había cincelado por la mañana temprano. Una fuente murmuraba en el patio, al pie de un árbol, e Isabelle pasó su primera semana en la casa sentada bajo sus fabulosas ramas, leyendo los libros de poesía que Isaac le iba prestando de la colección que serpeaba por su casa, ocupando toda superficie disponible. Se encontraban cada noche para la cena, carne de cerdo estofada a fuego lento la tarde entera, judías y arroz. Y mientras comían, hablaban, sus conversaciones como las aves que planeaban ojo avizor sobre el desierto circundante.

—¿Qué somos? —le preguntó ella a él una noche, intrigada. Estaban sentados en el patio, como siempre, el humo de la fogata elevándose entre ambos, las estrellas colosales e inconmensurables.

—¿Por qué lo preguntas? —contestó él. Sin tapujos.

No es que la acosara necesidad perentoria alguna; allí sentada, en la oscuridad, Isabelle se sentía como el desierto, inagotable. Con todo, se le ocurrió que debía preguntar, para tener la certeza de que no le decepcionaba.

—Yo diría —dijo contemplativamente en la oscuridad— que somos una silla y una escalera para el otro. —Y de alguna forma su respuesta tenía sentido.

Isaac fue el que le cortó el pelo. Estaba sentada en el patio con la cabeza cubierta de rulos de color rosa. Él emergió de la casa, sacudiéndose el polvo de la piedra de las perneras de su pantalón vaquero y la vio. El eco de su risa rebotó en las ramas del árbol.

—¿Qué? —dijo ella—. No puedo usar el secador de pelo. No tienes ninguno.

Él volvió a entrar en la casa y regresó con unas tijeras y una silla de respaldo recto.

—Anda, ven —dijo, dando unos golpecitos en el asiento.

Ella se sentó delante de él y sintió cómo su cabeza se iba liberando de rulos, pinza a pinza, los húmedos rizos que le llegaban hasta los hombros enfriándose con la brisa. Cuando todos los rulos formaban ya una pila alrededor suyo, él le recogió el pelo, lo levantó y empezó a cortar deprisa y con decisión, el peso precipitándose al suelo junto con el pelo. Cuando hubo terminado, sacudió sus rizos con los dedos.

—Y ahora —dijo—, quédate aquí quietecita al sol hasta que se te seque.

Luego, al mirarse al espejo, se vio morena y rejuvenecida, más de lo que recordaba haber sido nunca, los pómulos marcados por la suavidad de los rizos. No podía imaginar a la dueña de aquel rostro celebrando un cóctel, ataviada en un vestido de lana azul ceñido a la cintura. Ofreciéndole a la secretaria de su marido una copa de jerez, a la vez que hacía conjeturas sobre qué habrían tocado sus finos dedos.

Isabelle entró en el estudio.

—Gracias —dijo sencillamente.

Él levantó la vista.

—Bueno —dijo—, ya es hora de que poses para mí.

* * *

Tenía sentido posar desnuda en el estudio, dando la espalda a la pared abierta por la que entraba el sol recorriéndole la columna, la blanda y torneada carne de debajo, la contra de las rodillas. Ella, que nunca había posado sola desnuda ni en su propio baño, agradeció aquella calidez, tan pronunciada entre las piernas, en la nuca. Contempló los penetrantes ojos marrones de Isaac conforme la recorrían despacio, profundizando en el conocimiento de su cuerpo, los ángulos suavizados de sus clavículas, la caída de su cintura hasta la curva de la cadera, la flacidez posnatal de su vientre, contempló sus manos desplazándose por la piedra, labrando a cada hora que pasaba una curva que se desenroscaba al mundo en una espiral infinita. El sexo, cuando llegó, caída la tarde, fue algo que ambos querían pero ninguno necesitaba, tan prolongado y sosegado como el avance del sol al otro lado de las persianas de la fresca habitación en penumbra.

A su partida, una semana después, él permaneció en el umbral observándola, mientras ella metía sus cosas en el coche. Ella levantó la vista, lo vio, y se sonrieron, larga y lentamente, el uno al otro.

Él caminó hasta ella.

—Para ti —dijo, y le entregó un pulido óvalo de mármol blanco que se deslizó en el hueco de su mano.

* * *

El salmón, carnoso y denso al contacto con los dientes, sobre una playa de tersas judías blancas. Isabelle a los seis años, lanzando delgadas piedras planas a ras del agua, observando cómo se hundían hasta desaparecer mientras las de su padre rebotaban contra la superficie, zambulléndose y volviendo a aflorar, como aves buscando comida. El aire frío saturado de humedad en su rostro, incluso en una mañana de julio, temprano, muy temprano, su madre y sus hermanos dormidos aún, sólo ella y su padre en la playa donde ella le había encontrado, contemplando la curva de la bahía como si pudiera ver lo que ella no alcanzaba a divisar en la otra punta. Le habría gustado prenderse de su mano, pero su padre no era de ésos, de modo que cogió una piedra e intentó lanzarla como le había visto hacer con sus hermanos.

—Si tiras así vas a matar a los peces —le había dicho él, mientras su piedra penetraba en el agua como una pelota de plomo, pero su risa no era áspera.

—¿Me enseñas? —le preguntaría ella, en un arranque de valentía. Y se quedaron en la playa mientras él le enseñaba cómo colocar la piedra en su mano y dar un golpe de muñeca y ella lanzaba piedra tras piedra, hasta que por fin una de las suyas saltó, danzando en el agua como un niño.

—¿Qué, desayunamos? —había dicho entonces su padre, y dándose media vuelta remontaron la playa hasta la cabaña, que aguardaba allí donde la roca de la playa daba paso a la fronda de enormes árboles de detrás.

No fue hasta tiempo después, muerto su padre y nacidos sus hijos, que Isabelle aprendió que los padres saben cuándo sus hijos tratan de demorar el fin de algo a lo que desean aferrarse. Cuando aprendió que hay muchas clases de amor y que no todas son evidentes, que algunas aguardan, como regalos al fondo de un armario, hasta que llega el momento de abrirlos.

* * *

Aquélla fue la cabaña a la que Isabelle dirigió sus pasos tras abandonar el desierto. No lo hizo directamente, se detuvo en Los Ángeles y vendió la casa familiar; pasó una temporada con cada uno de sus hijos conforme avanzaba rumbo al norte. Las niñas no la comprendieron. Ya adultas, una con un recién nacido, la otra en la universidad, la contemplaban desde el fresco refugio de su recién estrenada madurez.

—Mamá, estás loca. Hace años que nadie va a la cabaña. Seguro que está hecha una ruina. Además, ¿qué vas a hacer allí tu sola?

Allí estaban las dos mirándola, plantadas ante ella como columnas gemelas de sensibilidad. A Isabelle se le ocurrió pensar que de haberlas querido plasmar en ese momento en una escultura, Isaac habría escogido probablemente la forma de un dedo aleccionador.

—¿Mamá? ¿En qué piensas? —Sus hijas la miraban expectantes.

—Pienso que entonces tendrán que venir a hacerme una visita. —A sabiendas de que no lo harían.

Isabelle llegó a casa de su hijo algo más tarde ese mismo día, cuando se aproximaba la hora de la cena. Rory vivía en Berkeley, en un caserón atestado de compañeros de la universidad, que cocinaron juntos y que haciendo un divertido alarde de fuerza transportaron un enorme butacón del salón hasta el comedor para que ella pudiera compartir con ellos la mesa. Se sentó, a una altura notablemente más baja que los demás, mientras ellos colmaban su plato con generosas porciones de comida, insistiendo en mimarla, porque, bromearon todos, parecía una niña, con aquel pelo tan corto y su tez tostada por el sol, como si hubiese estado trepando a los árboles del jardín y necesitase una cena en condiciones que la engordase. Isabelle se reclinó en su hondo y mullido butacón y escuchó sus voces afables, sintiéndose a la par como en casa y dispuesta a partir por su cuenta.

Isabelle informó de sus planes a su hijo después de la cena, sentada en el mismo butacón, devuelto éste ya a su lugar original. Su hijo se la quedó mirando un buen rato, y luego sonrió.

—Dentro de nada tengo las vacaciones de verano —comentó—, puede que necesites que te echen una mano con ese tejado.

* * *

La cabaña estaba en peor estado de lo que había pensado. Los cristales de las ventanas estaban todos rotos y el tejado apenas si daba cobijo a las ardillas que se habían instalado en el interior. Lo primero que hizo después de pasarse más de una semana limpiando fue construir un cobertizo para las herramientas y, cómo no, también para las ardillas, las cuales trocaron encantadas su antigua morada por aquella otra, donde gozar de cierta intimidad. El cobertizo, una vez finalizado, presentaba un aspecto bastante torcido; Isabelle empleó buena parte de su tiempo en hacer preguntas en el almacén de ferretería local y en tratar de recordar las lecciones de su padre a sus hermanos. Pero, al final, se conformó con que tuviera cuatro paredes, tejado y una puerta que cerraba, a empellones; en cualquier caso, además, las ardillas no eran aparentemente inquilinos quisquillosos.

La cabaña poco tenía que ver con la sólida casa de planta cuadrada que había compartido con Edward y sus hijos, pero llegó a la conclusión de que le serviría igual de bien. Cocinaba guisos en la vieja cocina económica esmaltada de blanco y cocía pan de maíz amarillo brillante en el horno. Consiguió algo de cristal del antiguo, de ese que hace que el mundo exterior parezca estar sumido bajo el agua, y reparó las ventanas. Visitó las tiendas de semiantigüedades que salpicaban el arcén de la carretera que conducía al parque nacional de los aledaños, y encontró una vieja colcha, azul y blanca, con remendones cosidos por una mano desconocida en la que, no obstante, quiso confiar, y la extendió sobre la cama de armadura metálica negra. Descubrió que le agradaba el peso de un hacha en la mano, el grato golpe sordo con el que se hundía en el tronco que tenía delante, el brillo blancuzco de la madera expuesta cuando apilaba la leña.

La noche que le instalaron la línea de teléfono llamó a Rory a California. Le habló de sus progresos, hicieron planes para su visita el mes siguiente.

—Creo que el tejado aguantará hasta entonces —rió.

—Pero ¿dónde aprendiste a hacer todas esas cosas? —Rory sonaba divertido—. No recuerdo haberte visto reparar ninguna ventana en casa.

—Tampoco recordarás que no sabía cocinar cuando me casé con tu padre, ni conducir un coche, ni aplacar el llanto de un bebé con un cólico. Las personas aprenden, Rory. Detestaría tener que pensar que llegada cierta edad dejásemos de hacerlo.

Las tardes cuando el aire era cálido, Isabelle solía ponerse uno de los viejos discos de jazz de su padre, abría la puerta de la cabaña y bajaba a la playa rocosa. Mientras el sol se ponía en lo alto de las montañas, el tañido triste y sensual de una trompeta, la voz grave y profunda de una mujer enamorada, manaban de la cabaña como luz a través de una ventana, y ella se sentaba en un tronco varado, los dedos de los pies jugando entre las piedras, al tiempo que las focas emergían a la superficie y se quedaban escuchando, sus ojos oscuros e inteligentes, sobre la línea del agua.

* * *

Rory llegó, fiel a su promesa, cuando los días empezaban a hacerse más largos, despejados y cálidos, extendiéndose en anocheceres de cielos azul abulón. La filosofía le salía hasta por los poros, su clase predilecta del semestre previo, y recitaba extractos de Platón y Kant como si se tratara de escritos recientes y él fuese el primero en descubrirlos.

Isabelle escuchaba, observando el movimiento de los músculos en los bíceps y la espalda de su hijo conforme él iba arrancando las tejas laminadas y arrojándoselas a ella, preguntándose dónde habían ido a parar los brazos suaves y rollizos de su hijo recién nacido, maravillada por la belleza de su hijo, allí, cerniéndose sobre ella.

—Filosofía y destreza con los tejados —le gritó—. Algún día vas a hacer muy feliz a una chica.

—Ya la hay —le informó él, con cierto embarazo. Y entonces se sentó en el vértice del tejado y estuvo hablando una hora entera mientras Isabelle le miraba desde abajo, con el cuello retorcido, sin protestar en ningún momento sobre su tortícolis porque, para ella, era un tesoro demasiado preciado escuchar a su hijo contarle con aquella ingenuidad tan hermosa lo que era estar enamorado, cuando él sólo había conocido unos padres que ya no lo estaban para cuando él nació.

* * *

—Oye, mamá —le dijo Rory una tarde que estaban sentados en la playa observando a las focas. La hora del concierto, la llamaba Isabelle.

—Dime.

—¿Te atreverías a probar la marihuana?

Isabelle se echó a reír.

—Conque es a eso a lo que va a parar el dinero de tu educación.

—En serio, mamá. ¿Tú te has visto? Desde luego que no eres la misma que se casó con papá. ¿No has pensado en probar algo verdaderamente diferente?

—No me gusta fumar.

—Bueno, eso tiene solución.

* * *

La mantequilla chisporroteaba en la sartén y las hojas despedían un aroma suave y ahumado, no muy diferente al de la salvia, pensó Isabelle. Ante sus ojos, las hojas se reblandecieron, liberando su aceite en la mantequilla, en tanto que en el otro fogón la tableta de chocolate se fundía en un líquido espeso y brillante.

—Así resulta más suave —explicó Rory—, y no hay necesidad de fumar.

Añadieron azúcar y huevos, harina.

—A tu padre le encantaban los brownies —comentó Isabelle con una sonrisa a la vez que introducían el molde en el gran horno blanco.

Se sentaron en los escalones de la entrada, acompañados por el olor, cada vez más concentrado, intenso y denso gracias al chocolate. Cuando los brownies estuvieron a punto, se los comieron, todavía hambrientos tras el intenso día de trabajo y a pesar de haber cenado chiles y pan de maíz.

—¿En qué piensas, mamá? —preguntó Rory al cabo de un rato mientras se limpiaba los restos de chocolate fundido del labio superior.

Pero Isabelle estaba volando, una mamá conejo con zapatillas doradas, observando desde lo alto a sus hijos, su marido, su casa. Aquella cabaña, suya y de nadie más, con su tejado casi acabado.

* * *

—Isabelle —oyó que la llamaba una voz a su lado. Levantó la vista. Estaba en un restaurante. El restaurante de Lillian. Cómo no. Esa noche no tocaba clase de cocina —¡qué fallo de su parte!— pero, entonces, ¿qué hacía aquel joven, el de la cara triste de la clase de cocina, plantado delante de su mesa al lado de Lillian?

—Isabelle —dijo Lillian con delicadeza—. Perdona que te interrumpa en plena cena. Tom decidió pasar por aquí, y tengo las mesas llenas. He pensado que no te importaría compartir la tuya con él.

—Pues claro que no —contestó ella automáticamente, invitándole con un gesto a que se sentara en la silla frente a ella. Tom se sentó y Lillian se alejó para atender a una mesa vecina.

Isabelle se sacudió de la cabeza sus pensamientos y bajó la mirada hacia su plato y las últimas judías blancas que allí quedaban.

—Me temo que casi he terminado.

—La verdad es que sólo tenía pensado tomar postre y café. Puedes servirme de excusa; así Lillian no se enfadará conmigo por no cenar como es debido.

—Hace mucho que no le sirvo de excusa a nadie —contestó Isabelle soltando una carcajada. Echó un vistazo a las mesas de alrededor, muchas de las cuales se habían ido vaciando en el transcurso de la noche, de modo que el restaurante aparecía sólo medio lleno—. ¿Tú crees que espera una marabunta de clientes de última hora? —preguntó Isabelle, arqueando una ceja.

* * *

—De un tiempo a esta parte —comentó Isabelle pensativamente, mientras tomaban el postre—, me pregunto si no será absurdo construir nuevos recuerdos si sabes que los vas a olvidar de todas formas.

—Y, sin embargo, aquí estás, asistiendo a un curso de cocina —señaló Tom.

—Bueno, no esta noche, por lo que se ve —resaltó Isabelle con sarcasmo. Tom sonrió.

Comieron en agradable silencio, regocijándose en la cremosa tarta de limón que tenían delante. Al cabo de un rato, Isabelle volvió a hablar.

—¿Sabes qué? —dijo, levantando el tenedor rebosante de tarta—, empiezo a pensar que quizá los recuerdos sean como este postre. Me lo como, y pasa a formar parte de mí, lo recuerde después o no.

—Conocí a alguien que opinaba lo mismo —dijo Tom.

—¿Por eso estás triste? —preguntó Isabelle, que al instante reparó en su expresión—. Perdona. Además de la memoria estoy perdiendo los modales.

Tom negó ligeramente con la cabeza.

—Nada de eso, tus modales son exquisitos, y tu cabeza funciona a la perfección. —Sopló sobre la superficie de su café, y tomó un sorbito—. Es mi mujer. Murió hace poco más de un año. Era chef, y siempre decía eso mismo sobre la comida. Yo hago lo posible por creer que así es, aunque supongo que me costaba menos cuando ella vivía aún y la comida la preparaba ella.

—Ah —Isabelle miró a Tom pensativa—, entonces no somos tan diferentes.

—¿Y eso?

—Ambos tenemos un pasado imposible de retener.

—Supongo que así es. —Tom la miró, como esperando a que ella continuara.

—Conocí a un escultor —dijo Isabelle, asintiendo con la cabeza—. Decía que fijándose mucho en las personas, se podía ver en qué lugar del cuerpo lleva cada uno el alma. Por absurdo que suene, uno veía luego sus esculturas y se daba cuenta de que tenía razón. Opino que pasa lo mismo con las personas que amamos —explicó—. Llevamos encima lo que recordamos de ellos, en los músculos, en la piel, en los huesos. A mis hijos, por ejemplo, los llevo justo aquí —se señaló la curva interior del codo—. Que es donde los sostenía de muy pequeños. Aun cuando llegue un día en que no me acuerde de quiénes son, estoy segura de que seguiré sintiéndolos aquí.

»¿Dónde llevas tú a tu mujer? —le preguntó a Tom.

Tom miró a Isabelle, los ojos henchidos. Se llevó la mano derecha a la mejilla y a continuación la retiró, ajustando ligeramente la forma de la mano.

—Ésta es la línea de su mandíbula —dijo suavemente recorriendo el dedo índice por el semicírculo de la base de la mano y luego a lo largo de la curva superior, donde la mano se encontraba con los dedos—. Y éste es su pómulo.

* * *

Tom se disculpó un momento so pretexto de ir al aseo, y se fue a buscar a Lillian, que estaba junto a la puerta de entrada, con una copa de vino en la mano, recibiendo los elogios de una pareja que se marchaba. Tom paseó la mirada por el comedor y le sorprendió reparar en que estaba vacío, a excepción de Isabelle.

Tom se acercó y le tocó el hombro.

—Gracias por haberme telefoneado —dijo—.
Me gustaría hacerme cargo de la cuenta de Isabelle.

Lillian sonrió.

—Invita la casa.

—De verdad que no entiendo cómo es que
siempre sabes...

—Cuestión de suerte —dijo Lillian, alzando
su copa de vino.

* * *

Hacía frío al salir, después de la calidez del restaurante. La luz de las farolas brillaba entre el follaje
renovado de los frutales del jardín del *Lillian's*. Tom
acompañó a Isabelle por el camino bordeado de lavanda hasta la verja; desde la calle les llegó el sonido de las voces de quienes por allí pasaban, charlando sobre las plantas que iban a trasplantar y los
planes que tenían para las vacaciones de verano,
sus voces animadas por la primavera incipiente.

—¿Te llevo a casa? —preguntó Tom.

—Lillian ya me ha pedido un taxi —dijo Isabelle, mientras hacía un gesto en dirección a la calle,
donde un taxi se detenía junto a la acera—. Mi médico me ha prohibido coger el coche nunca más.

—Ha sido genial —dijo Tom—. Gracias.

Isabelle se acercó y le besó suavemente en la
mejilla.

—*Fue* genial. Gracias, Rory —dijo, y dando media vuelta se dirigió hacia el taxi, que aguardaba bajo una farola.

Helen

Helen y Carl caminaban por la calle principal de la ciudad para asistir a la clase de cocina. Era una noche fría y despejada de comienzos de febrero, las horas postreras de un día milagrosamente azul que el viento del norte había arrastrado hasta allí como una celebración. La gente del noroeste acostumbraba a acoger esos días con una jovialidad casi infantil; los extraños intercambiaban sonrisas, las casas se veían de pronto más limpias, y se podía encontrar a los vecinos atareados en sus jardines en mangas de camisa, a pesar de la baja temperatura, solazándose en el deseo repentino de cavar tierra rica y oscura.

En el suave círculo de luz de la farola, algo más adelante, Helen y Carl vieron llegarse hasta la verja del Lillian's a un hombre; al mismo tiempo una mujer se aproximaba en dirección opuesta. El hombre levantó la aldabilla de la verja y se hizo a un lado para dejar pasar a la mujer, siguiéndola con la mano, espontáneamente, sin llegar a tocar su espalda y aún aparentemente incapaz de regresar a su costado.

Helen observó a la pareja recorrer el camino entre los arbustos de lavanda gris azulada, y aquella mano, el gesto, el deseo contenido que la movía, la golpeó con la intensidad de un perfume que llevase mucho tiempo sin usar, surcando una habitación que jamás tuvo intención de atravesar.

* * *

Tenía cuarenta y cinco años la primera vez que vio al hombre que habría de convertirse en su amante. Fue en el supermercado, un marco absurdo y lógico a la vez para una mujer que se consideraba a sí misma inequívocamente casada, que rehuía las miradas de admiración en las fiestas de Fin de Año o en la penumbra de las salas sinfónicas o en las bodas de amigos íntimos, donde las emociones, estaba constatado, subían en ascensores de alta velocidad hasta alturas insospechadas e imposibles de mantener al día siguiente.

Se había acercado a la tienda a por huevos (Laurie tenía una adicción adolescente a las máscaras de clara de huevo), comida para perros, papel para la nueva carpeta que Mark iba a usar en el colegio, unos filetes para la cena (el médico de Carl le había dicho que andaba bajo de hierro), y lo de siempre: leche homogeneizada, café, cereales, arroz, papas, servilletas de papel. Se conocía aquellos pasillos como la palma de su mano, lo que resultaba muy práctico, puesto que en su cabeza ya había empezado a repasar una segunda lista —el entrenamiento de fútbol de Mark, la clase de piano de Laurie, sacar al perro, planchar el mantel—, toda una ristra de quehaceres que entraba y salía de su conciencia como el aire que respiraba.

Él estaba en el pasillo de frutas y hortalizas. Pasado el tiempo se preguntaría si nada de lo que ocurrió habría sucedido de haberse topado con él primero entre las cajas de cartón de la sección de cereales, de haberle espiado a través del cristal empañado de una puerta abierta en la sección de congelados.

Pero encajado en el fecundo paisaje de melones tardíos y lechuga transparente, gruesos pimientos rojos y rollizas naranjas navelinas, se le antojó sencillamente hermoso en comparación, y su deseo, de existir, tenía más de estético que de apasionado. Contempló el errar de sus largos dedos entre la verdura, alcanzando una cebolla, unas zanahorias, escogiendo un manojo de puerros. Sus ojos, cuando levantó la vista y se la encontró mirándole, eran infinitamente marrones y amables y su pelo era una maraña de ondas mal cuidadas necesitadas de un corte que ella inmediatamente deseó no fuera a hacerse, un sentimiento casi maternal: una racionalización que la animó a dar ese paso más hacia el océano que sin duda habría de calarle los pies.

Él levantó en alto la verdura.

—Mi madre era francesa —le dijo, como tratando de justificarse—. Se pasaba la vida diciéndome: «¿Qué haces que te haga feliz?». Y hoy, para mí, son los puerros.

Helen se quedó allí plantada, sin mediar palabra, con las manos vacías. Sus ojos buscaron los de ella, y entonces se inclinó hacia delante, el gesto más serio, la voz suave.

—¿Y tú?

Y Helen, que ya había empezado a ver su vida como el hojear diario de unas páginas llenas de la escritura de otros, se sintió como si de pronto hubiese topado con una ilustración.

* * *

Carl llegó a tiempo de detener la verja antes de que se cerrara y la abrió de nuevo para que Helen pasara.

—¿No eran ésos Ian y Antonia? —preguntó.

Helen sacudió la cabeza, para desprenderse de sus pensamientos.

—Sí —contestó—. Me parece que sí.

—Sería fabuloso para ambos que llegase a funcionar.

—Ya estás otra vez con tus ideas de casamentero, Carl. —La tan familiar cadencia de sus bromas fue como un puente que la condujera de regreso hasta él—. Ya viste lo bien que te salió con nuestra hija. —Apoyó un instante su mano en el brazo de él mientras franqueaba la verja.

—En cambio, Mark es un hombre feliz, y te ha dado nietos —dijo Carl maliciosamente.

Continuaron hasta el restaurante, el jardín a su alrededor con esa quietud propia del mes de febrero, todo raíces y ninguna flor. Los ladrillos del camino castañeteaban de frío bajo sus pies; su aliento les precedía como si tuviera prisa por adentrarse en el cálido restaurante.

—Me gusta el invierno —comentó Helen.

Carl la cogió de la mano y la atrajo hacia sí.

—Buena cosa —contestó.

* * *

Su intención era acabar con su matrimonio, estaba preparada para decírselo a Carl, el corazón transformado en un espectáculo de fuegos artificiales por aquel hombre nuevo, aquel cuya ropa junto a la cama ella no había comprado ni lavado y remendado, cuyos dedos se deslizaban por su piel como un río, trazando frescas y perdurables sendas hasta la curva interior de su oreja, la pendiente de su cadera, como embarcado en un viaje sin itinerario fijo, sin fecha de regreso.

Arrancó la conversación con Carl muy decidida, calculando las palabras que habría de emplear para ayudarle a aceptar el final de una unión que había durado más que la infancia de cualquiera de los dos. Escogió la mesa de la cocina, tan acogedora y doméstica, exenta de la pasión del dormitorio; allí habían planeado vacaciones, escogido el seguro sanitario, decidido qué hacer con la cobaya que se habían encontrado muerta un sábado por la mañana antes de que los niños se hubiesen despertado. Siempre habían trabajado bien en esa mesa.

Carl se sentó frente a ella. Ella reparó en la expresión de su cara, con aquellos ojos que escrutaban su rostro en busca de algún rastro de alborozo, ira o confusión, una señal que le indicase los derroteros que seguiría la conversación.

No sabe lo que le voy a decir, pensó ella. No lo sabe —y el pensamiento la sobresaltó, insólito como el tañido discordante de una campana—. Sé algo sobre mí que él no sabe. No pudo recordar la última vez que eso había sido así. Le miró observarla y se dio cuenta —por poco sentido que tuviera, pero aun así— de que, de una u otra forma, Carl siempre había estado con ella, en su mente, en su cuerpo, de una forma inconsciente pero totalmente tangible, durante todos los besos y gemidos y exploraciones de su romance, lo mismo que lo estaba cuando atendía el jardín o se cortaba las uñas de los dedos de los pies a solas, sentada en el borde de la bañera. Después de casi veinte años juntos, ella simplemente lo llevaba consigo, era parte de ella, como la sangre, los huesos, los sueños. Pero él no había estado allí. El hombre que tenía delante, con su pelo castaño y ojos azul claro, cuyas manos habían sostenido las suyas al dar a luz y en todos y cada uno de los viajes en avión que habían hecho juntos, estaba separado de ella. Y en ese instante, supo con certeza el aspecto que iba a tener el dolor de su marcha, cómo arrasaría su rostro y tornaría el azul de sus ojos en un gris que ya no los abandonaría nunca del todo.

Mataría a quien osara hacerle eso, pensó, y fue consciente de que ésa era la verdad y de que ella no podría hacerlo jamás. Le quiero, pensó, y el sentimiento era tan sólido como la mesa que los separaba.

Carl seguía allí sentado, esperando a que hablase.

—Ha habido otro hombre —le dijo—. Pero se acabó.

* * *

Tampoco es que así fuera; el cuerpo se toma su tiempo en seguir el dictado de la mente. Nunca volvió con él, pero había momentos en los que al divisar, detenida ante un semáforo, un perfil extraordinariamente parecido al de él su cuerpo se paralizaba, electrizado, como si se internase sin su consentimiento en otra vida, como si a causa de encontrarse en aquellas dos vidas al tiempo, pudiese dejar de existir por completo.

Si Carl supo que no había acabado del todo, no fue porque ella se lo dijera. Había entrado en el sombrío mundo del desengaño, si bien no en el que ella se había jurado evitarle, al menos sí en uno tan próximo como para sentirse confundido. La ironía de la situación se cebó en ella, infiltrándose en los recuerdos de su antiguo amante hasta que Carl pasó a tener mayor protagonismo en aquella aventura que el hombre con el que se había acostado. A aquellos hombres a los que confundía con su amante los veía cuando acercaba en coche a su hija a casa de una amiga donde iba a pasar la noche, o de regreso de la tintorería con las camisas de Carl, el olor del almidón creando un mundo propio a su alrededor. Siempre que pensaba en su aventura, era en la cama, tendida junto a Carl, por la noche, una vez que reinaba el silencio en la casa, con el olor de Carl impregnado a las sábanas y su respiración surcando la almohada junto a ella. Si cocinaba empleando ingredientes que el otro le había dado a conocer, semidesnudos en la diminuta cocina de su apartamento, lo hacía para su familia, y con el tiempo aquellos platos adquirieron un nuevo significado: el postre favorito de Laurie, la sopa con la que lograba que Mark comiera verdura, el guiso que de forma infalible contrarrestaba el fracaso en un partido de futbol americano, con un novio, con una oferta de empleo.

De modo que cuando finalmente sí vio al que antaño fuera su amante —en el instituto de su hijo durante la ceremonia de graduación, mientras su hija se reía y señalaba a su hermano, que cruzaba la tarima dando levísimos traspiés— lo hizo con esa especie de añoranza que uno experimenta hacia algo que, en realidad, nunca tuvimos intención de tener desde el principio. El novio de una hermana mayor. Un año en la Provenza. Cuando se le despejó la cabeza, su hijo se encontraba en el otro extremo de la tarima, con los brazos levantados de júbilo, y la mano de Carl estaba cogida a la suya.

Esa noche, después de la tarta y las bromas y la copa de vino simbólica para Mark que todos sabían que era ilegal aunque también imaginaban que no era la primera, después de que los niños, que ya no lo eran, se hubieron ido a la cama o de fiesta, Carl le entregó un sobre con todas las fotografías que durante tantos años ella había ido recortando de diferentes revistas.

—La Provenza —dijo Carl, y sonrió—. Un mes a finales de agosto, cuando Mark empiece en la universidad.

* * *

Lillian pidió a la clase que tomara asiento.

—Estamos en febrero —empezó—, San Valentín está a la vuelta de la esquina. Para mí, ese día es como un regalo, igual que el tiempo que hemos tenido hoy. Henos aquí en pleno invierno. Nuestra piel lleva meses hibernando bajo capas y capas de ropa; nos hemos acostumbrado al gris. Empezamos a pensar que será así siempre. Y entonces, llega el día de San Valentín. Un día para asomarse a los ojos de quien amas y ver color. Un día para comer algo que juegue con tu paladar y para recuperar el romanticismo.

»Pero he aquí el meollo de la cuestión. —Lillian acarició pensativamente con los dedos la pulida superficie de la mesa de madera que tenía delante—. Si uno se deja llevar por los sentidos, lentamente, prestando atención, si hace buen uso de los ojos, las yemas de los dedos, las papilas gustativas, entonces se da cuenta de que el romanticismo es algo que puede recuperarse sin necesidad de una tarjeta de felicitación.

Lillian miró a su clase, el pelo de Claire, todo alborotado aún debido a la exuberante despedida de su hijo pequeño, la elegante chaqueta de vestir de Antonia, la camisa de oficina de Tom, arrugada al final de un largo día.

—No siempre es fácil relajar el ritmo de nuestras vidas. Pero por si acaso necesitamos un poco de ayuda, tenemos una oportunidad natural, tres veces al día, de repasar la lección.

—¿Comer? —sugirió Ian con una enorme sonrisa.

—Una idea genial —contestó Lillian.

* * *

—Para todo sensualista que se precie de serlo, los ingredientes deben ser prioridad —sentenció Lillian, levantando una botella de espeso aceite verde de oliva—. Los ingredientes bellos y exquisitos dan color al ambiente de una comida y a lo que quiera que venga después; también lo hacen los que son anodinos y baratos. —Vertió un poco de aceite de oliva en un plato, mojó la punta del dedo en el líquido y acto seguido se lo llevó a la boca con aire contemplativo.

—Prueben esto —dijo en tanto le pasaba el plato a Chloe, que estaba sentada a un extremo de la primera hilera de sillas.

—El tacto es semejante al de una flor —comentó Chloe, que se chupó el dedo con fruición antes de pasarle el plato a Antonia.

Lillian alzó una segunda botella, ésta más pequeña y oscura que la anterior.

—El genuino vinagre balsámico de primera calidad se elabora siguiendo un proceso largo y meticuloso. El líquido se va pasando de barril en barril, donde toma el sabor de diferentes tipos de madera: roble, cerezo y enebro, tornándose en cada estadio más denso y complejo. Un vinagre de cincuenta años es tan caro y está tan valorado como un gran vino.

»Ian, extiende la mano —indicó Lillian, y le echó unas pocas gotas de vinagre balsámico, denso como el jarabe, en la curva de piel que separa el pulgar del dedo índice.

—La mejor manera de degustar el vinagre balsámico es al calor de tu piel —le explicó Antonia a Ian, a la vez que colocaba también ella su mano bajo la botella.

Cuando todos hubieron probado ambos líquidos, Lillian repartió las tareas: a una mitad la puso a rallar queso y a medir vino blanco y kirsch y almidón de maíz, mientras que la otra debía lavar la lechuga y cortar los tomates y las baguettes.

—Helen, mete el queso rallado con el almidón en una bolsa de plástico y agítalo, de ese modo el almidón formará una película alrededor del queso y éste se derretirá mejor. —Y a continuación sugirió—: Y Carl, pasa un diente de ajo por el interior de esa marmita de color rojo. A algunas personas les gusta dejar el diente de ajo dentro una vez frotadas las paredes, los hay que incluso les añaden un par más.

—¿Qué estamos preparando? —preguntó Claire.

—Es una *fondue,* ¿verdad? —se apresuró a apuntar Ian.

—Desde luego. Me ha parecido un plato divertido para San Valentín. ¿Alguno sabe de dónde viene la palabra *fondue?* —preguntó Lillian a la clase.

—De *fondre* —contestó Helen automáticamente—. Es francés.

—Fundir —añadió Lillian.

* * *

Helen siempre había querido vivir en Francia, aunque su francés, aprendido con asiduidad en el colegio, se había convertido, tras años dedicados a sus estudios universitarios, su matrimonio y sus hijos, en una especie de trasto olvidado en el ático: sus erres sonaban como la rueda abollada de un viejo triciclo, las conjugaciones de los verbos eran un revoltijo sin orden ni concierto. Compró cintas de ejercicios orales en francés y la entretenida chispa de la sintaxis y las sílabas hizo que se sintiera feliz, por muy torpes que fueran sus intentos de imitar pronuncia-

ción y acento. Siempre especulaba con la idea de qué
ocurriría si tuviese la oportunidad de pasar una semana o dos inmersa en otra cultura, si acaso aquella
lengua brotaría no se sabe cómo de su interior para
convertirse en un modo de pensar. Cuáles serían sus
sueños si soñaba en francés, se preguntaba.

* * *

A finales de agosto, la Provenza olía a lavanda: el
aire, las sábanas, el vino, hasta la leche que Helen
tomaba con el café por las mañanas; era un levísimo
aroma, un mundo de acuarela de color malva. Helen
empezó a respirar hondo y muy despacio, a fin de
succionarlo, reservarlo en cada rincón de su cuerpo
para después.

Cada mañana se despertaban con el canto de
los pájaros y al son de las campanas de la iglesia,
luego cruzaban el crujiente piso de grava del patio
de la pensión y se instalaban en una de las mesas
verdes redondas de metal dispuestas bajo un tilo. Se
servían espeso y oscuro café de una jarra de plata y,
de otra, espumosa leche caliente en grandes tazas
blancas que calentaban sus manos conforme bebían.
Comían cruasanes que se les derretían entre los dedos, sembrando el suelo de migas, las cuales desaparecían entre los guijarros para servir de alimento a
los pájaros una vez que ellos se habían ido.

Alquilaron un coche pequeño y pasaban el día explorando carreteras que, como vides, ascendían serpenteantes a través de pueblos enclavados en lo alto de algún monte, sus casas de arenisca chorreantes de glicinias, los postigos azul pálido o violeta o de un deslucido verde salvia, los aromas de almuerzos y cenas se escapaban por las ventanas como niños traviesos, para jugar en estrechas callejuelas que dibujaban curvas y meandros y no tenían sentido, quizá sólo si tenía un destino concreto, cosa que ellas no.

En cada uno de los diminutos y recónditos restaurantes que visitaron en aquellos vetustos pueblos blancos, Helen y Carl renovaban un pacto: Carl sacaba el diccionario y se comprometía a probar cualquier plato al cual no encontraran traducción. A fin de igualar su arrojo, Helen salía de compras por las mañanas en las tiendecitas del pueblo y entablaba algo así como una conversación con el frutero hasta que un día regresó triunfante a casa con un melón maduro perfecto, que se dieron de comer el uno al otro para el almuerzo, su carne cálida y espesa como el aire.

Por la tarde hacía calor, un calor que se colaba a bofetadas por las ventanillas abiertas del coche, sofocándoles, cayéndoles como una losa sobre cabeza y hombros hasta que finalmente se refugiaban en la fresca habitación en penumbra, bajo el delicioso azote del agua en su ducha alicatada de blanco, y finalmente en la cama, donde permanecían como dos adolescentes hasta la hora de la cena. Todo para repetirlo al día siguiente, y al otro.

—Hete aquí la razón por la que los mediterráneos están tan sanos —comentó Carl una noche, mientras estiraba aparatosamente sus largos brazos sobre la cabeza.

—*Oui* —dijo ella y le sonrió por encima de un plato que habían pensado que sería un guiso caliente y que resultó ser, más bien, una variedad de carnes rosadas y blancas. (Contemplaron la posibilidad de comprar un diccionario más completo. Pero no, decidieron no hacerlo.)

Y esa noche ella soñó en francés.

* * *

La clase estaba reunida en torno a la enorme mesa de madera, donde dos alegres marmitas rojas descansaban sobre sendos hornillos, calentados por la llama parpadeante de sus quemadores plateados. El aroma a queso fundido y vino suavizado por el calor se elevó lánguidamente hasta sus rostros, inclinados hacia delante, hipnotizados por el olor y el suave borboteo. Lillian cogió un largo tenedor de dos dientes, pinchó un trocito de baguette del cuenco que tenía al lado, lo mojó en la *fondue,* que se cocía a fuego lento, y volvió a sacarlo, arrastrando un velo nupcial de queso que procedió a enrollar en el tenedor con gran maña mediante un movimiento giratorio.

Masticó su premio pensativamente y tomó un sorbo de vino blanco.

—Perfecto —declaró.

Helen se preparó un trozo y se llevó el tenedor a la boca; la intensidad del emmental y el gruyer se mezclaba con la leve acidez del vino blanco seco y acababa fundiéndose en algo más tierno y suave, al encuentro con la firme base del pan sobre la que se sustentaba el manjar. En un segundo plano, apenas apreciable, tanto que tuvo que tomar un segundo bocado para asegurarse, notó el alegre beso del kirsch de cereza y un susurro de nuez moscada.

—Cuando uno se deja llevar por los sentidos, los gestos ya no tienen que ser lujosos o caros para resultar románticos. Una vez tuve un alumno que cortejó a una mujer con una *fondue* calentada sobre un hornillo de gas en medio de un parque —comentó Lillian.

—¿Y qué tal le fue? —preguntó Ian con curiosidad.

—Pues bastante bien —dijo Lillian despreocupadamente—, consiguió a la chica.

La clase se apiñaba amigablemente en torno a las dos marmitas rojas; comían, se daban de comer unos a otros, hincando sus tenedores en los cubitos de pan para a continuación sumergirlos en la *fondue,* prorrumpiendo a reír cuando el pan amenazaba con caerse y sus esfuerzos por evitarlo no resultaban ni mucho menos tan elegantes como los de Lillian.

—*Sacre bleu!* —exclamó Carl—. ¡Que se me escapa!

—Deje que le ayude, buen hombre —declaró Isabelle, que todo lo que consiguió fue empujar el pan del tenedor de Carl al interior de las hirvientes profundidades.

—¿No nos tenemos que besar todos cuando a alguien se le cae un trozo? —preguntó Claire.

—Con comida como ésta, ¿quién necesita una excusa? —respondió Carl tomando a su mujer en sus brazos entre los silbidos de admiración del resto de la clase.

* * *

Regaron sus paladares con vino blanco y agua con gas, y las depuraron con ensaladas de lechuga fresca, tomates rojos rollizos, y un denso y sabroso aceite de oliva con un toque de vinagre balsámico.

—Me siento tan viva —comentó Claire— que podría correr ocho kilómetros.

—Bueno, quizá no fuese eso exactamente lo que se pretendía —resaltó Carl, sonriendo.

—Y ahora —anunció Lillian—, el postre. —Y sacó una tableta larga y fina de chocolate—. El nombre científico del árbol del cacao es *theobroma,* que significa «alimento de los dioses». Pero yo sé que es a nosotros, en realidad, a quienes está destinado, porque el punto de fusión de un buen chocolate coincide precisamente con la temperatura del interior de sus humanísimas bocas. —Partió el chocolate en onzas y sirvió dos en cada uno de los platitos blancos—. Es chocolate negro, que es el que más cacao contiene. Sin demasiada leche ni demasiado azúcar. Puede que al principio les resulte bastante amargo, pero la dulzura no lo es todo. Dejen que el chocolate se disuelva en su lengua y a ver qué pasa.

Acto seguido repartió los platitos blancos entre los miembros de la clase.

—Lillian, Helen no come chocolate —le dijo Carl a Lillian en voz baja cuando ésta le daba su plato—. Lo dejó hace años.

Lillian sopesó a Helen con la mirada.

—Las personas cambian —comentó suavemente.

Helen miró a Lillian a los ojos y cogió el plato que ésta le ofrecía.

* * *

El chocolate entró en la boca de Helen y allí estaba el sabor, tal y como lo recordaba: como si lo más profundo y rico de su ser, la insólita fusión de cuanto había en ella de misterio y añoranza y pasión y tristeza, fuera arrastrado a la orilla de su imaginación. Y allí en su mente, como bien sabía que estaría, en aquel lugar donde lo había ocultado para apartar su recuerdo del resto de su vida, estaba su amante, sus ojos oscuros, sus manos suaves como el mar, trayéndole chocolate caliente a la cama una fría tarde. Una imagen que se había reservado como lo hace un niño con su última golosina, encapsulada, ya fuese para protegerla de su matrimonio o para proteger su matrimonio de ella, eso no lo sabía.

Allí sentada en la cocina del restaurante, escuchó y sintió sus pulmones llenarse de aire, y entonces contuvo la respiración, entreteniendo la imagen de su amante, donde se equilibraban a la perfección placer y desconsuelo, en tanto que el bocado se disolvía en su boca y el recuerdo, resaltado, calaba en ella, se convertía no en el principio ni el final de nada, sino en parte de lo que ella era y siempre había sido.

Soltó el aliento y se llevó el chocolate nuevamente a la boca, inhalando aquel olor suave, polvoriento y dulce, como el de un ático repleto de lavanda seca. Y lo que vio esta vez fue la enorme cama blanca de la Provenza, la fresca tiesura de las sábanas almidonadas contra sus cuerpos todavía húmedos por la ducha, mientras ella daba media vuelta y se colocaba encima de Carl, cuyos ojos se abrieron como platos ante tan inesperada osadía, para luego oscurecerse de placer conforme ella empezó a moverse, primero suave y luego con más insistencia, y las manos de él se deslizaron por sus piernas para agarrarse a sus caderas. Las horas que siguieron, cuando la lengua de Carl se abrió camino entre las gotas de agua y, después, entre el sudor de su piel, como si ella fuese un territorio nuevo que, sin embargo, conocía a la perfección.

A éste le siguió otro recuerdo, con la naturalidad con la que una ola precede a otra: años después, Carl en sus brazos, su cuerpo sacudido de llanto, los labios de ella en su pelo, susurrándole a lo más hondo, cálido y húmedo de su alma lo mucho que su padre le había querido, lo mucho, lo muchísimo que lo sentía, que ella estaba allí, que siempre lo estaría, mientras él sollozaba como si el llanto fuese una nueva forma de respirar y fuera a seguir siéndolo, así hasta que finalmente se calmó y ella lo sostuvo en sus brazos, muda, al final del día, mientras a su alrededor los ruidos de la calle y las casas y las cenas alcanzaban un punto álgido antes de precipitarse y desaparecer.

Y otro: llegar a casa y encontrarse un lienzo en blanco y una caja de óleos —azul y violeta y verde salvia y blanco, terracota y sombra y marrón— dispuestos en el pequeño escritorio de madera que él le había fabricado para que encajase en el recoveco que se abría al final de la escalera. Detrás del escritorio, al otro lado de la ventana, divisó un caballete, plantado en el jardín, sobrio y firme delante de la desbordante maraña de verdes, rosas, blancos y amarillos de los parterres de flores. Recordó la sensación que le transmitió la pintura al deslizarse por primera vez desde el interior del tubo a la paleta, del pincel recorriendo el lienzo como una mano acariciando una tela de seda, el gesto de orgullo en el rostro de Carl cuando ella le enseñó su primer cuadro, con la cara iluminada de júbilo.

Y por fin, el sonido de dos pares de piececitos enfundados en pijamas enteros trotando muy temprano hasta su cama una mañana de Navidad. Demasiado pequeños y, cómo no, demasiado temprano. La voz grave y profunda de Carl acogiendo a los pequeños en el cálido círculo que formaban sus cuerpos, cómo ella había tendido los brazos para abarcar el dulce aroma de sus nietos, tocando con su mano el rostro de Carl. Y cómo luego, desvelada por sus pensamientos inconmensurables, había permanecido allí tumbada, contemplándoles, mientras la mañana de Navidad se colaba por las ventanas.

* * *

—*C'est fini?* —Lillian tenía una mano suavemente apoyada en su hombro, mientras que en la otra llevaba una pila de platos sucios.

Helen levantó la vista buscando la mirada de Lillian.

—*Oui* —contestó, la voz suave—. *Merci.*

Y le dio su plato a Lillian.

* * *

La clase había terminado, el chocolate se había esfumado, y habían vaciado unas cuantas botellas más de vino. Claire e Isabelle estaban de turno esa noche y, con agua templada hasta los codos, lavaban las marmitas de la *fondue* a la vez que discutían sobre los mejores trucos para que un recién nacido durmiera toda la noche. Tom echaba una mano a Chloe con el reciclaje. Una vez que hubieron acabado de limpiar las encimeras, Helen y Carl se despidieron de los demás y se encaminaron hacia la verja por el camino de ladrillo.

Ian les contemplaba desde la puerta de la cocina. Al principio, bajo el juego de sombras y luces, le pareció que iban uno detrás del otro, pero luego reparó en que iban cogidos de la mano y que los picos de los abrigos rozaban contra los arbustos de lavanda que bordeaban el camino.

—Qué bonito es verles así, ¿verdad? —Antonia se le acercó.

—Desde luego. —Ian hizo una pausa—. Oye, estaba pensando… Verás, es que me gustaría prepararte una cena. Lillian siempre dice que deberíamos practicar y…

—Sí, Ian —contestó Antonia—. Me encantaría.

Ian

Lillian's —La voz que contestó al teléfono de la cocina del restaurante era masculina y juvenil. De fondo se oía el estrépito de platos y voces—. ¿Qué desea?

—¿Está Lillian? Dígale que soy Ian.

El auricular golpeó la encimera de acero inoxidable e Ian pudo escuchar las voces de los cocineros de fondo, retazos de conversación intercaladas con el sonido del picar de los cuchillos y el correr del agua sobre platos y verdura. La voz de Lillian surgió del otro lado del auricular.

—¿Ian? Dime, ¿qué pasa?

—Ha dicho que sí a la cena, ¿qué hago?

—Pues cocinar, Ian.

—Ya, pero ¿qué?

—Bueno… ¿qué sientes por ella?

—Es guapa e inteligente y…

—No, Ian —dijo Lillian con infinita paciencia—. Me refiero a qué es lo que quieres.

—Pues, quiero… —Ian hizo una pausa, antes de continuar con tono decidido—: La quiero para el resto de mi vida.

—Pues ya está, así es como tienes que cocinar.

* * *

El bono regalo para asistir al curso de cocina de Lillian —un tarjetón grueso y elegante de color chocolate— lo recibió Ian acompañando a la carta de felicitación que su madre le había enviado en julio por su cumpleaños. Nada más abrir el sobre, Ian llamó a su hermana.

—¿Sabes lo que me ha regalado? Un curso de cocina. ¿No te parece de lo más irónico? Pero si ella no ha cocinado casi nunca, es más, las pocas veces que preparaba algo se le quemaba porque acababa enredada con el cuadro que estaba pintando en ese momento.

—Ian, te quiero. —Ian podía escuchar de fondo la disputa de los niños por la victoria o posesión sobre alguna cosa, aunque no sabría decir cuál de las dos—. Es tu cumpleaños. Anda, hazte un regalo a ti mismo y olvídate de todo eso de una vez por todas. Qué quieres, ella era una artista.

—Pero ¿por qué tienen que ser clases de cocina precisamente?

—No sé, quizá debas preguntárselo a ella. —Su hermana hizo una pausa y él pudo escuchar cómo le arrebataba a uno de los niños el objeto de disputa y los mandaba a los dos llorando a la otra habitación—. Pero ¿vas a ir a las clases?

—Pues claro —la voz de Ian sonó desafiante, incluso para él—, alguien de la familia tendrá que aprender a cocinar ¿no?

* * *

Cuando Ian era pequeño se colaba en el estudio que su madre tenía montado en el ático. Al surgir de la oscura y estrecha escalera, la luz de la estancia brillaba como el sol a través de un pétalo de flor, luminosa y dorada. Su madre siempre estaba allí, su silueta iluminada por la luz que penetraba por la ventana, el pincel en la mano, examinando el lienzo que tenía delante con ojo calculador. Aún oculto por la puerta semiabierta, esperaba, conteniendo la respiración, a que llegara el momento, siempre era así, en el que la expresión de ella mudara y se tornara alegre para, a continuación, alargar ella el pincel hacia la paleta y luego hacia el caballete.

Por aquel entonces, Ian tenía asociado el olor del óleo, tóxico y penetrante, con aquella felicidad

en el rostro de su madre. La única vez que lo rega-
ñaron de niño —porque era, por lo general, un niño
muy bueno, de esos que nunca molestan, de los que
sacan un sobresaliente tras otro sin que a sus padres
les importe demasiado— fue una noche que se coló
en el ático, mientras sus padres hablaban, y se pintó
las manos para poder llevarse así el olor consigo, convencido de que le impregnaría con la misma euforia
de su madre. Su padre apenas si pudo reaccionar al
ver a su hijo con las manos pintadas de azul; su madre, tras explicarle que había que tener cuidado con
aquella pintura especial, le instaló un caballete en su
estudio, donde trabajaría a su lado durante muchos
años —atrapado por los remolinos, las formas, los
naranjas y verdes y amarillos y rojos, por el modo
con el que el pincel desplazaba la pintura a lo largo y
ancho de las gruesas hojas blancas de papel de perió-
dico—, hasta que se dio cuenta de que los demás
nunca veían en el papel lo que él tenía en mente.

—No importa, cariño —le decía su madre—.
El arte no consiste en eso.

Pero para Ian, que adoraba el altar de la trans-
parencia como sólo puede hacerlo un niño a las
puertas de la adolescencia, era en eso, precisamente,
en lo que consistía.

✳ ✳ ✳

A los diez años, Ian descubrió el mundo de los ordenadores. En aquel entonces no había ordenador en su casa; a su madre la novedad más que interesarle le divertía y su padre utilizaba el que tenía en la oficina durante las horas de trabajo. Pero un compañero de clase tenía uno, e Ian se quedó prendado de él desde el instante en que sus manos tocaron el teclado. Aquél sí que era un socio de una coherencia sin tacha, cuyas normas eran inviolables, siempre y cuando uno las comprendiera. Y él lo hacía.

Sometió a sus padres a meses de persecución implacable hasta que las Navidades siguientes apareció bajo el árbol un paquete del tamaño esperado. Ian se sentó junto a la caja nada más verla, a las cuatro de la madrugada de la víspera de Navidad, y permaneció allí clavado hasta que llegó la hora en la que todos abrieron sus regalos y él pudo retirar su premio del embalaje de corcho y darle vida. Desde ese momento, el ordenador, o alguno de sus sucesores, se convirtió en el rey y señor de su dormitorio. Pasaron los años y por la puerta de casa entraron más ordenadores, pero éstos no pasaban de ser meros funcionarios a disposición de la familia: mensajeros de correo electrónico, asistentes de documentación. Ian, en cambio, consideraba a su ordenador como un gran amigo, que se hacía generosamente a un lado para dejar su sitio a un nuevo modelo con una memoria mejor, con una inteligencia más aguda.

Aquellos primeros ordenadores le ofrecerían a Ian un reconfortante refugio en blanco y negro, en una casa presidida, por otra parte, por las ambigüedades del color.

* * *

Ni por un momento iba a entrar en la clase de cocina sin haberse preparado antes, de modo que Ian se pasó todo el mes de agosto encerrado en la cocina de su apartamento. Como ingeniero informático que era, concluyó que la cocina, al igual que cualquier otro proceso, podía abordarse como un conjunto de pasos a dominar, consistentes éstos en una serie de habilidades básicas a las que recurrir incluso, o quizá particularmente, cuando uno se enfrentaba al caos de una receta complicada, a pilas atestadas de cacharros, a baldas repletas de especias de color rojo y verde plateado, que se agazapaban en pequeños botes cilíndricos de cristal como minas de recuerdos.

Empezó por el arroz: puro, blanco, elemental, expresión de simplicidad matemática: 1 medida de arroz + 2 medidas de agua = 3 medidas de arroz hervido. Ni más, ni menos. Su preparación sólo requería una buena cazuela y algo de disciplina, y él tenía de las dos.

El desastre fue absoluto. La primera vez se pasó de la raya con la disciplina y el arroz se pegó al fondo de la cazuela, e invadió con su triste olor a quemado el apartamento entero; la segunda vez se relajó demasiado y el arroz se apelmazó sin que hubiera forma humana de recuperarlo, a pesar de sus sacudidas a la cazuela y sus gritos de ánimo. Le añadió sal y mantequilla, con las que la plasta aquella al menos adquirió un vago parecido a las palomitas de maíz en términos de sabor, pero así y todo seguía sin ser arroz. O por lo menos no como él lo quería.

Estaba clarísimo que iba a necesitar ayuda.

* * *

El apartamento de Ian quedaba encima de un restaurante chino, el cual frecuentaba con más asiduidad de lo que a su madre le hubiese gustado enterarse. El comedor era pequeño; las paredes pintadas de un color que Ian conjeturó había sido rojo en otro tiempo, los menús tan gastados que apenas si eran legibles.

La primera vez que se aventuró escaleras abajo para visitar el restaurante había sido dos años antes, después de dedicar un largo y caluroso día de verano a mudarse al nuevo apartamento. Estaba agotado y hambriento y, una vez que hubo ocupado la mesa que le indicó una anciana camarera cuya formidable expresión le hizo echar una ojeada al reloj por si ya había pasado la hora del cierre, Ian se decantó por la opción más segura y pidió cerdo agridulce y arroz. Una vez servido, miró el plato y se topó con una fragante mezcla de pollo, jengibre y el verde brillante de unas flores de brécol poco cocidas.

—Esto no es lo que he pedido —le dijo a la camarera tan educadamente como pudo, consciente de que no conocía la variedad de restaurantes que ofrecía el nuevo barrio.

Ella arqueó una portentosa ceja gris, y se fue.

Eran las nueve de la noche y él era el único cliente que había en el restaurante; de modo que, cuando la puerta batiente se cerró tras los andares patizambos de su camarera, se halló a solas con su plato. Comoquiera que no estaba muy convencido de que ella fuera a volver jamás y que no tenía ninguna gana de perseguir a aquella mujer hasta el interior de la cocina, Ian cogió sus palillos y tomó un bocado. El pollo era tierno y delicado, el brécol crujiente y perfectamente vivo, el jengibre que aderezaba la mezcla se le antojó algo así como el vuelo provocativo de una minifalda. El dolor que atenazaba sus músculos después de todo un día levantando y cargando con cajas, el estado de ansiedad que le embargaba siempre que se enfrentaba a una situación nueva y desconocida, abandonaron su cuerpo como si del último tren del día se tratase, dejándole fresco y tranquilo. Comió despacio, ensimismado, y desechó la idea de almorzar al día siguiente a base de comida para llevar.

—¿Gustar? —preguntó ella. Él asintió agradecido.

La anciana apiló los platos sin orden ni concierto.

—Tú volver otra vez —dijo.

Lo hizo, y ni una sola vez le sirvieron lo que había pedido. Contempló la posibilidad de aceptar la situación y declararse a merced de la cocina sencillamente, si bien, todo hay que decirlo, hubo de reconocer que ya lo estaba: su comanda no era más que una línea que declamar en una obra de teatro ya escrita, sin la cual lo demás no sería lo mismo. Y así fue como, una y otra vez, formulaba un pedido que sabía de antemano que iban a ignorar y depositaba su confianza en las puertas batientes de la cocina, por donde, como si de un premio a una prueba que hubiese superado, emergían platos de una complejidad refinada y de sabores fascinantes, que rara vez, por no decir que nunca, aparecían incluidos en la carta.

* * *

Aquella noche del arroz apelmazado, Ian abandonó su fallido experimento culinario y bajó las deslucidas escaleras rojas del edificio hasta el restaurante de abajo. La camarera le invitó a sentarse con un ademán en su mesa habitual, junto a la ventana.

—¿Sabe usted preparar arroz? —le espetó Ian a la vez que tomaba asiento.

La camarera le miró con ojos como platos.

—Es decir, ya sé que sí que sabe, naturalmente; pero me preguntaba si podría enseñarme.

—¿Por qué? Ya comer tú arroz aquí.

—Quiero aprender.

La anciana percibió la ansiedad en su voz; le miró con mayor detenimiento, y asintió.

—No se cocina arroz, se cuida arroz —sentenció—. Ahora yo ir a por tu comida. —Volvió a la cocina sin mostrar intención alguna siquiera de preguntarle qué quería de comer.

* * *

De regreso en su apartamento, Ian sostenía en la mano una gran ensaladera de metal en cuyo interior reposaba una capa de arroz bajo varios dedos de agua, como si fuera el lecho del océano. Introdujo la mano en el líquido y giró los dedos en la dirección de las manillas del reloj. Podía sentir los granos, delicados como copos de nieve, deslizándose entre sus dedos, en tanto que unas nubes blancas nacaradas de almidón se desperdigaban por el agua como se aprecia en el cielo un cambio de tiempo.

Cuando el agua estuvo tan saturada de almidón que apenas si se distinguía el arroz, colocó un colador en la pila y vertió en su interior el contenido de la ensaladera; el arroz fue resbalándose junto con el agua como si fuera arroz con leche hasta que los últimos restos se desplomaron sobre el colador con un golpe sordo. Una vez escurrido, devolvió el arroz a la ensaladera, llenó de agua esta última, y repitió el proceso, una y otra vez, hasta que el arroz dejó de soltar almidón e Ian pudo distinguir cada grano de arroz bajo el agua clara.

Escurrió el arroz por última vez y puso la cazuela sobre el fogón. Contempló el arroz en el colador, hinchado por la inmersión, se quedó pensando unos instantes, y entonces vertió algo menos de dos tazas de agua en la cazuela y encendió la lumbre.

* * *

Cuando hubo perfeccionado el arroz, Ian pasó a la polenta, y luego al pescado, asado ligeramente en una parrilla portátil que instalaba a duras penas en el estrecho alféizar de la ventana de la cocina. Para finales de agosto, el alféizar alojaba ya algunas macetitas de hierbas aromáticas, y el olor de la albahaca y el orégano y el cebollino saludaban su olfato cada mañana al abrir la ventana. Encontró un mercadillo de frutas y hortalizas cerca de la parada de autobús un día que regresaba a casa del trabajo, en el centro. Se compró un cuchillo bien afilado en una tienda de menaje y empezó a experimentar, cortando la verdura en tiras y en juliana, fileteando la carne en paralelo y en perpendicular a la fibra, aplicando las tijeras a la albahaca y tronchándola con los dedos después, para comprobar si el modo de cortarla afectaba en algo al sabor.

Dio con una tienda de especias al peso, idónea para comprar sólo lo necesario y contar así con una excusa para volver, una y otra vez, y perderse en su interior, olisqueando los recipientes etiquetados con nombres que no reconocía. En una ocasión, se le ocurrió llevar un paquetito de una especia que lo tenía intrigado al restaurante chino y se lo mostró a la camarera. Ésta lo olió respirando muy hondo y, después, con ojos divertidos, se llevó el paquetito a la cocina, de donde regresó pocos minutos después con un plato que despedía aquella fragancia. Con el tiempo, se convertiría en una especie de juego. Aunque frustrante al principio, las recetas de aquellos platos se convirtieron enseguida en algo que anhelaba descifrar, un reto que le acompañaba a todas horas, con el que se entretenía en medio de un atasco o mientras un teleoperador le mantenía en espera. Poco a poco se acostumbró a comer más despacio, consciente de que cada bocado le brindaba una nueva oportunidad para descifrar una parte del rompecabezas, hasta que finalmente no hubo piezas, sólo la sensación de una salsa caliente deslizándose por su garganta, el crujido de una castaña de agua contra el filo de sus dientes.

* * *

Para cuando por fin empezaron las clases, Ian tenía más preguntas que respuestas. Consultó libros de química después de la clase dedicada a la elaboración del pastel, trató de hacer pasta por su cuenta después de la cena de Acción de Gracias. Observaba a sus compañeros y se preguntaba de dónde habrían salido, qué traerían consigo, como si ellos, también, fueran recetas que quizá él pudiera descifrar. De dónde sería que procedía aquella mezcla de excitación y desconfianza que, aquella primera noche, adivinó en el rostro de Claire; qué era lo que hacía que Isabelle recordase las cosas que recordaba; o qué podía haber recluido a Tom en aquel círculo intocable de dolor. Y luego estaba Antonia, siempre Antonia, con su tez aceitunada y su pelo oscuro, y aquella voz que con suma delicadeza se abría camino entre los sonidos y sílabas angloamericanos, a todas luces modestas y extrañas para aquella boca tan sensual.

Le cautivó la forma en que Antonia vacilaba al hablar su idioma, y su deseo de protegerla fue intenso hasta que se la encontró en el mercado de frutas y hortalizas. La reconoció a unos veinte pasos de él y se acercó, creyendo poder asistirla a cruzar alguna que otra barrera del lenguaje, y que su ayuda sirviese de introducción a alguna otra conversación. Pero según se aproximaba, reparó en sus manos, que volaban, como liberadas. Se reía, sus palabras ininteligibles para él pero completamente comprensibles para el tendero italiano que regentaba el puesto, sus rostros iluminados por el placer de poder jugar en la cascada de su propio idioma.

Ian se plantó detrás de Antonia, respirando su felicidad, hasta que el tendero le lanzó una mirada asesina y le dijo algo rápidamente a Antonia, la cual se volvió, el rostro todavía iluminado por la conversación.

—*Sì, sì* —contestó—. *Lo conosco.* Hola, Ian.

Y su alma, sin más, se adentró en el calor que irradiaba el rostro de ella.

* * *

Algunas semanas después, Antonia le telefoneó para pedirle ayuda. Había unos suelos de los que tenía que deshacerse, le dijo. Así sus clientes comprenderían cuán importante es conservar lo que es bueno y auténtico. Ian no hizo mención alguna de la aparente ironía que suponía deshacerse de algo para conservarlo; se limitó a decirle que era de la misma opinión y agradeció al destino que le hubiese ofrecido un empleo en la construcción el último verano antes de entrar en la universidad.

Se pasaron todo un domingo arrancando losetas de linóleo, ingiriendo tacitas y tacitas de aquel café expreso que Antonia preparaba en la enorme cocina negra y que él apenas necesitaba para acelerar su pulso. A mediodía hicieron un descanso y Antonia sacó el almuerzo que había preparado para los dos: pan de corteza dura y *prosciutto* y *mozzarella* fresca, y una botella de vino tinto.

—Así son los picnics en Italia —le dijo, radiante.

—¿Nada de crema de cacahuetes con mermelada? —preguntó él.

—¿Y eso qué es?

Ian sonrió.

—Pero, entonces, ¿por qué te viniste a vivir aquí? —preguntó, picado por la curiosidad.

Ella sopesó la pregunta durante unos instantes.

—Verás, Lucca, el lugar donde crecí, era maravilloso, como un baño de agua caliente. Tan bonito y la gente tan maravillosa. En todo momento sabía qué debía hacer. Si alguien me invitaba a cenar, sabía qué llevar. Conocía el horario del mercado; podría decirte, ahora mismo, cuándo sale el próximo tren a Pisa. No es que tuviera nada de malo; yo sólo quería… ¿cómo lo llaman? ¿Una ducha de agua fría? Despertar el alma.

Ian trató de imaginarse tan seguro de todo como para abandonarlo todo, irse a otro lugar, sólo para gozar de cierta inseguridad. Ella hablaba de manera tajante, como si una bañera de agua caliente fuera algo que se pudiera conseguir con sólo abrir el grifo, fuese donde fuese. Pensó que quizá así lo fuera para ella. Escuchándola, Ian se dio cuenta de que se había pasado la vida buscando precisamente aquello a lo que ella había renunciado. Y estaba a punto de contárselo, cuando se contuvo. En su rostro, las expresiones se mudaban como el sol desplazándose sobre el agua, y se percató de que antes de decirle lo que pensaba, deseaba escuchar lo que ella tenía que decir, deseaba observar sus manos surcando el aire como gorriones.

—Me acuerdo —dijo ella— de cuando bajé del avión en Nueva York. Todos aquellos vozarrones estadounidenses colisionando entre ellos. En mi vida había escuchado tantos. Yo creía que sabía inglés, pero no entendía nada: las palabras pasaban volando y a veces una me golpeaba y yo trataba de agarrarla. Pero eran muy rápidas, demasiado. —Sacudió la cabeza con pesar—. Me sentí tan estúpida…

—Tú no eres estúpida —dijo Ian tajantemente.

—No —respondió ella, los ojos serenos—. No lo soy. Pero el caso es que, en el fondo, opino que a veces es mejor no saberlo todo.

—¿Y eso por qué?

—Ya sabes, si no conoces la respuesta, entonces todo es… posible. —Hizo una pausa—. Te parecerá que soy muy valiente. Pero qué va, estaba aterrada. Y agota, eso de no saber las cosas. Cuando llegué aquí, me tiré tres semanas bebiendo leche semidesnatada; me dije, si los estadounidenses son tan ricos, entonces seguro que la leche lo es en calorías también. —Se echó a reír.

—¿Y ahora qué tal te va? —preguntó Ian.

—Mejor. Ya bebo leche entera. —Sonrió—. Es broma. Pero sí que me siento mejor. A cada año que pasa todo se vuelve más familiar; sé que tallan las calabazas para Halloween, y que se envían felicitaciones de Navidad, y que cocinan esos gigantescos pavos… —Arrugó la nariz—. Pero ¿sabes qué es lo mejor de todo? —preguntó Antonia. Ian sacudió la cabeza—. La clase de cocina. Todas esas personas, todas quieren ver algo de forma diferente, igual que yo entonces, pero en este caso estamos todos juntos.

Se calló, avergonzada.

—Hablo demasiado.

—No —contestó Ian—. Es genial. —Se la quedó mirando un buen rato—. Verás, es que yo siempre he querido justamente lo contrario. En serio —se rió al contemplar la expresión de su rostro—, yo lo que siempre he querido es estar seguro de las cosas. Ahora, mientras te escuchaba, me he acordado de un perrito que vi el otro día en el parque. Se lanzó al agua detrás de una pelota, sin más. En ningún momento se paró a pensar si la pelota flotaría, o si el lago tenía fondo, o si tendría energía suficiente para regresar a la orilla, o si una vez fuera su dueño seguiría allí... —Ian se detuvo, azorado—. No es que esté diciendo que seas como un perro.

—Pues claro que no —contestó Antonia, divertida. Siguieron arrancando el linóleo durante un buen rato; por las calvas se asomaba con toda claridad el suelo original de abeto, cuyos brillos amarillos y anaranjados mudaron la estancia, que se volvió más cálida, más viva, más de este mundo.

—¿Sabes, Ian? —comentó Antonia—. Mi padre siempre decía que una persona necesita una razón para marcharse y una razón para irse. Pero yo opino que, a veces, la razón para irse es tan grande, te llena tanto, que ni siquiera te paras a pensar por qué te marchas, lo haces y ya está.

—¿Y crees que conseguirás llegar a la orilla, sin más?

—Con la pelota. —Antonia se echó a reír.

* * *

Después de la cita del linóleo, así es como le gustaba a Ian referirse a aquel día, le costó mucho concentrarse en otra cosa que no fuese Antonia. Y sin embargo, tardó meses en armarse del valor suficiente para invitarla a cenar. Es más, de no ser por Lillian, y por el codazo de Chloe en las costillas, Ian probablemente no habría dado el paso jamás.

Pero Antonia había aceptado, casi como si lo hubiese estado esperando, puede que incluso como si encontrase cautivador el titubeo de él, lo que por otra parte sólo consiguió que se fuera poniendo más y más nervioso conforme se acercaba la noche en cuestión.

* * *

Ian descolgó el auricular y marcó el número de teléfono de su madre. Cuando ella contestó, su voz sonó con un tono de excitación que Ian supo sólo podía significar que se encontraba en pleno proceso de creación de un nuevo cuadro.

—Te llamo luego si quieres —se apresuró a decir.

—No, ya he visto que eras tú. —Sonaba feliz. Ian se imaginó un cuadro repleto de azules y amarillos—. ¿Cómo estás? —preguntó.

—Bien. Y en el trabajo también. —Hizo una pausa—. Estoy yendo al curso de cocina.

—¿Y qué tal?

—¿A qué vino lo del curso de cocina? —Las palabras brotaron de su boca, incontenibles—. Es decir, tú nunca cocinaste.

—Pues no mucho, no. —Ian casi podía oírla sonreír.

—Y entonces, ¿por qué me lo regalaste?

—Verás —su madre hizo una pausa, buscando las palabras—, a mí pintar me hace feliz. Y quería que tú experimentaras lo mismo.

—La pintura no es lo mío, mamá.

—Ya, pero la cocina sí.

—¿Y eso cómo lo sabes?

—Tal vez por la cara que ponías cuando probabas lo que yo cocinaba. —La risa de su madre reverberó en la línea telefónica—. No te preocupes, disimulabas muy bien.

»Entonces —continuó—, ¿qué le vas a preparar?

—¿A quién?

—A esa mujer.

—Pero ¿cómo sabes que hay una mujer?

—Mira, Ian, puede que sea una mujer muy visual, pero no soy sorda. —Sintió de nuevo aquella sonrisa—. Además, me lo ha dicho tu hermana. ¿Qué vas a preparar?

—Todavía no lo sé —vaciló Ian.

—Pero algo tendrás pensado... —insistió su madre.

—Sí —contestó Ian, y de pronto lo supo—. Creo que buey a la borgoñesa, que es suculento y reconfortante. Acompañado de vino tinto. Ella es así. Y puede que tiramisú de postre, con todas esas capas de bizcocho y nata montada y ron y café. Y café expreso, sin azúcar, para contrarrestar.

Se detuvo, confundido. Estaba hablando igual que otra persona a la que conocía, y entonces se dio cuenta de que le hablaba a ella.

* * *

El apartamento era pequeño, la distinción entre mesa de cocina y mesa de comedor más psicológica que física, y en cualquier caso, justo lo bastante grande para dar cabida a dos personas. Pero Ian había comprado un mantel redondo de lino blanco y pedido prestados un par de pesados candelabros de plata a su anciana vecina del piso de abajo, la cual sólo le exigió a cambio que le contase todos los detalles de la cena al día siguiente, un precio que Ian de verdad esperaba poder amortizar. Se había pasado media hora larga debatiendo en la floristería sobre qué comprar y al final la exasperada florista abrió la enorme cámara frigorífica repleta de rosas y margaritas y claveles y le metió dentro de un empellón.

—Sírvase usted mismo —le había dicho ella, y él los vio al fondo, reposando silenciosamente en un estante, encima de los cubos blancos de plástico de claveles rojos y margaritas amarillas. Tulipanes de un morado opaco y polvoriento, levemente tiznados de negro en los bordes. Pagó por ellos casi lo mismo que por la botella de Côtes du Rhône que yacía en el fondo de la bolsa de la compra, pero le dio lo mismo.

* * *

El buey a la borgoñesa borboteaba en el horno, el olor de la carne y el vino tinto, la cebolla y el laurel y el tomillo murmurando como los viajeros de un tren nocturno. En la cocina, el aire que se respiraba estaba saturado del vapor de la cocción; Ian abrió la ventana de encima de la pila y la fragancia de las plantas de albahaca y orégano del alféizar se despertó con la brisa. Lavó los cacharros, el agua templada y el jabón deslizándose entre sus dedos, y los fue colocando en el escurreplatos de madera, mientras el aire fresco que entraba por la ventana recorría su piel húmeda. Cuando estuvo limpia la cocina, sacó sendas botellitas en miniatura de ron negro y Grand Marnier, y a continuación los ingredientes que había conseguido en el almacén de productos italianos que había en el otro extremo de la ciudad: espeso mascarpone blanco, nata para montar, tabletas de chocolate amargo, con leche y blanco, lustrosos granos negros de café, y una caja azul de pálidos bizcochos *savoiardi* de soletilla. Los depositó cuidadosamente sobre la encimera, y junto a ellos un paquete de azúcar y cuatro huevos frescos de la nevera.

Ian contempló el conjunto de ingredientes allí reunido.

—Esto que vamos a preparar es para ella —les dijo—, y es mi primera vez, así que no estaría de más que me echaran una mano.

Empezó por lo conocido. Del armario junto a la pila sacó una pequeña cafetera italiana tradicional, que se había comprado el fin de semana siguiente a la cita del linóleo con Antonia. Al igual que con el arroz, la cafetera se reveló como una nueva fuente de frustración, al menos al principio, si bien luego, tras semanas de práctica, en las que aprendió los trucos y antojos de aquella pequeña y sencilla máquina, la preparación de su tacita de expreso acabó por convertirse en un ritual matutino, tan imprescindible como una ducha, tan familiar y relajante como regar las macetas del alféizar. Por ello fue por lo que abordó casi con cariño la tarea de rellenar de agua el depósito y moler los granos de café. Cuando el sonido del molinillo pasó del repiqueteo de los granos al ronroneo de las cuchillas, desconectó la máquina y sirviéndose de una cuchara llenó de café con sumo cuidado el filtro metálico central de la cafetera. Comprimió con la base del dedo pulgar la suave masa marrón, sintiendo cómo el café molido cedía bajo su dedo como arena fina y cálida, su textura reconfortante, familiar.

Pensó en lo duro que habría sido para Antonia dar el salto al otro lado del océano y dejar atrás los sonidos y aromas, sabores y texturas de siempre. Porque él era cada vez más consciente, si bien desde hacía muy poco, de hasta qué punto esas cosas eran parte indisociable de su vida. De haberle confesado a algún compañero del trabajo el pequeño estallido de placer que sentía cada vez que abría el molinillo de café y liberaba el aroma de la molienda por su diminuto apartamento, se habría convertido en objetivo de todas las burlas, pero por aquel entonces eran esas cosas precisamente las que más llamaban su atención. El modo en el que su sentido del equilibrio se veía reforzado por las paredes rojas del restaurante chino de abajo o por las conversaciones que los alumnos compartían en torno a la mesa de madera de la cocina de Lillian, cuando la clase ya había concluido oficialmente y ellos permanecían allí, reacios a marcharse.

Colocó la cafetera sobre el fogón y volvió a prestar oído, escuchando cómo el agua se iba calentando y rompía a hervir, elevándose como un pequeño tornado contenido, atravesando la molienda, hasta que el café borboteó en la parte de arriba y el aroma, cabalgando sobre el vapor, llenó la cocina, puro e intenso como una primera palada de tierra después de un aguacero primaveral.

No conocía a nadie que, como Antonia, cargase con semejante alijo de esas pequeñas cosas, presentes en el millón de entrañables y delicados rituales que seguían conformando su vida, estuviese en el país que estuviese. Lo percibía en la manera que tenía de cortar el pan, o de beber el vino, en la caprichosa torre que había construido con las losetas arrancadas de linóleo, ya fuese bien por diversión bien por ver aquella expresión en el rostro de él cuando volvió a la enorme y vieja cocina y la vio, un simpático recibimiento, un momento de creatividad en medio de una tarea sofocante y sucia. Antonia celebraba lo que él siempre había desdeñado por considerarlos momentos que había que dejar atrás cuanto antes a fin de alcanzar una meta más importante. Pero, con ella, hasta las experiencias del día a día parecían más profundas y matizadas; la satisfacción y la apreciación se colaban entre las capas de la vida como notas de amor ocultas en las páginas de un libro de texto.

El café se precipitó oscuro y sedoso en el interior del pequeño cuenco blanco. Ian desenroscó las botellitas de ron y Grand Marnier, que se abrieron tras un leve crujido de la arandela, y respiró su aroma antes de añadirlos, tostado uno y de un pálido dorado el otro, al café. Le pareció como si el licor, fuerte y de sabor intenso, planease en el aire y desde allí se deslizase sin esfuerzo al interior de su torrente sanguíneo, desde la botella al café, donde permanecería aletargado y en calma, dos onzas de secretos aguardando en el fondo de un cuenco del tamaño de su mano.

La cáscara blanca del huevo se quebró al primer contacto contra la ensaladera de metal. Muy despacio, Ian fue pasando la rutilante yema naranja de una mitad de la cáscara a la otra, dejando que la clara cayese en el cuenco sobre el que trabajaba. Las yemas las fue colocando en un pequeño cazo metálico colocado sobre el fogón, al que luego añadió el azúcar.

Y entonces entró en terreno desconocido. Según la receta, debía calentar y batir las yemas y el azúcar hasta que la mezcla cambiase de color y al levantarse formase rastros, una consistencia un tanto menos espesa que la del *zabaglione*, término que Ian desconocía por completo. Antonia sabría a qué se refería, seguro, pero Ian quería que el tiramisú fuera una sorpresa. Echó un vistazo al reloj y comprobó alarmado que Antonia llegaría en un cuarto de hora. Encendió el fuego al mínimo, colocó el portátil sobre la encimera y buscó «zabaglione» en Internet. Antes de que tuviera tiempo de saltarse el vehemente aviso del buscador preguntándole si acaso no estaba buscando una palabra con alguna que otra vocal cambiada, las yemas del cazo ya habían empezado a cuajarse, formando espesos grumos que ni con el más frenético batir de su mano pudo hacer desaparecer.

Ian volvió a empezar. Lavó el cazo, cerró el portátil. Esta vez cogió la batidora de varillas y empezó a batir suavemente la superficie de las yemas mientras se calentaban, añadiendo el azúcar al líquido conforme se iba espesando y empezaba a formar pequeñas ondas contra los lados del cazo. Observó cómo la mezcla se hacía más densa y contuvo la respiración anticipándose a otra catástrofe, pero entonces los huevos y el azúcar adquirieron milagrosamente un tono más claro, de un amarillo reconfortante, y la mezcla cayó formando largos y sinuosos rastros cuando desconectó la batidora y sacó las varillas suavemente del interior del cazo.

Mientras dejaba que las yemas se enfriasen, atacó las claras con la batidora a máxima velocidad, y ésta empezó a lanzar pequeñas burbujas contra los lados del cuenco, donde se fueron acumulando hasta formar una espuma blanca que se elevaba y luego caía de nuevo formando dibujos y crestas, y que al paso de las varillas dejaba atrás un complejo diseño similar al de los nervios de una hoja.

Luego, el mascarpone. De consistencia más ligera que la crema de queso fresco y algo más dulce que ésta, se deslizó en la mezcla templada de yemas y azúcar, formando una crema del color de la mantequilla recién hecha. La pesada mezcla de yemas y mascar-

pone desapareció como un suspiro bajo la espuma
de las claras a punto de nieve; y al dictado de su mano la mezcla se fue haciendo más y más ligera, hasta que pareció flotar, dejando que la cuchara la re-
volviera sin impedimento.

Para terminar estaba la nata para montar, que
fue ganando firmeza, y no suavidad, bajo el efecto
de la batidora, hasta que las crestas se levantaron
detrás de las varillas cuando las retiró para espolvo-
rear la nata con nubes de chocolate blanco rallado.

Satisfecho del resultado, Ian apartó la ensaladera a un lado y se acercó los *savoiardi*. De pequeño
había probado los bizcochos de soletilla —esponjo-
sos, suaves, acompañando una mousse de chocolate,
los ovalados bizcochos alineados verticalmente por
fuera como soldados esperando revista—. Pero los
savoiardi eran firmes, exquisitamente crujientes —si
fueran damas, pensó Ian divertido, exigirían un respeto—. Ian los dispuso uno a uno en hilera a lo largo
de la base de un cuenco de cristal y mojó un pincel
en la mezcla de café, ron y Grand Marnier. Aplicó
suavemente la punta del pincel sobre los bizcochos,
cada pincelada más larga que la anterior, y observó
cómo el líquido penetraba en la superficie, como la
lluvia en la arena del desierto.

Cuando los bizcochos estuvieron empapados
de líquido, Ian esparció sobre ellos una capa del cremoso merengue de mascarpone, que los cubrió li-

gero como un edredón. Una vez recubiertos los bizcochos, cogió un cuchillo y raspó su afilada hoja contra el borde de la tableta de chocolate amargo, duro y denso, que se precipitó como una nube de polvo oscuro y sedoso sobre la cremosa superficie blanca. Procedió a hacer lo mismo con el chocolate blanco, que se desgajó formando virutas. Luego repitió el proceso entero una y otra vez hasta que el cuenco estuvo casi lleno, en su interior una torre de bizcocho y crema y chocolate. Una auténtica obra de ingeniería, pensó Ian, y ahora coronar con una finísima capa de chocolate blanco y nata montada.

Ian pasó el dedo por un borde del tiramisú y se lo llevó a la boca. La textura era tibia, cremosa y suave, como unos labios que se abrieran al contacto con los suyos, y el sabor del todo impreciso, opulento y apremiante, misterioso y reconfortante. Ian se quedó plantado en la cocina, esperando a Antonia, los sentidos despiertos y llenos de vida, y se le ocurrió pensar que tampoco sería de extrañar que las estrellas se precipitasen de pronto desde el firmamento y entrasen a raudales en su cocina.

Epílogo

La puerta principal del restaurante estaba abierta, y la luz del interior se derramaba sobre el porche y, desde éste, al jardín. Al otro lado de la verja, el mundo se movía a pasos frenéticos, corriendo al banco antes del cierre, apeándose del autobús de vuelta del trabajo. En el interior, el jardín era un remanso de paz y tranquilidad. Las sillas Adirondack reposaban vacías bajo la fresca brisa nocturna de comienzos de abril; las ramas de los cerezos aparecían dobladas bajo el peso de las flores rosas y blancas, cuyos pétalos caían como copos de nieve primaveral sobre los narcisos amarillos situados debajo.

En el comedor, la mesa estaba dispuesta para diez comensales. Los alumnos habían ido llegando, por el camino, lanzándose saludos, dirigiéndose maquinalmente hacia la puerta de la cocina, en la parte trasera, para inmediatamente desandar lo andado y dirigir sus pasos con una carcajada de placer hacia la parte delantera del restaurante, donde el aroma a pan recién hecho y a cítricos los invitaba a pasar al interior.

—¡Qué elegancia! —dijo Carl al entrar. Le tendió a Lillian un ramo de rosas color crema, mezcladas con lavanda y romero—. Son para ti.

—Son preciosas —contestó Lillian, gratamente sorprendida.

—Esencial. —Helen la besó en la mejilla.

—Voy a ponerlas en agua ahora mismo —dijo Lillian en voz baja y se fue a la cocina a buscar una jarra.

Isabelle se acercó a la pareja, los ojos desbordantes de alegría, la mano apoyada sobre el hombro de Chloe.

—Helen y Carl, quiero presentaros a mi nueva compañera de piso.

—Soy como el cachorro abandonado que se presenta en la puerta de casa. —Chloe sonrió de oreja a oreja.

—Y consigue mucho más de lo que venía mendigando —añadió Isabelle con una risita.

—Pero si es genial —dijo Helen, asintiendo satisfecha—. Y Chloe, deja que te diga que estás preciosa esta noche. —Chloe hundió la barbilla, con una tímida sonrisa en el rostro.

—Me parece a mí, Isabelle, que no eres la única que estrena compañero de piso —comentó Carl, en tanto que levantaba una ceja en dirección a Antonia e Ian, que charlaban junto al mirador, con las manos entrelazadas.

—Bueno, ya era hora —dijo Chloe, y recuperando las formas, dijo—: Pero bueno, ¿dónde se ha metido Claire?

—Aquí, aquí, es que la niñera se ha retrasado. —Claire se les aproximó riendo y acompañada de un hombre alto de pelo rubio rizado—. Tenía muchas ganas de que conocieran a mi marido, James. Me ha oído hablar tanto de ustedes que me pareció injusto no traerle.

»James —dijo Claire, mientras le conducía hacia la puerta cerca de la cocina—, te presento a Lillian.

En el momento mismo que Lillian le tendía la mano para saludarle, Chloe se acercó corriendo hasta ellos y se llevó a Claire a rastras.

—Claire, necesito que me eches una mano con la ensalada —insistió.

Lillian se volvió hacia James.

—Tienes una mujer encantadora.

—Gracias —dijo James. Sus ojos escrutaron la sala, reparando en el friso de madera, la larga mesa, el jardín que titilaba a la luz de la luna al otro lado de las ventanas—. ¿Te ha contado que fue aquí donde nos prometimos?

—Sí —contestó Lillian con una sonrisa—. Me hace feliz saberlo.

—A ella la ha hecho feliz venir aquí. —James miró hacia la cocina, donde su esposa reía en compañía de Chloe—. Gracias.

—Nosotros sólo hemos cocinado. —Lillian estiró la mano hacia James y le cepilló del hombro un resto de cereal—. Eres tú el que ha hecho el trabajo más duro.

Tom entró por la puerta principal e Isabelle se volvió para saludarle.

—Tom, mi caballero andante —dijo mientras caminaba hacia él con la mano tendida—. ¿Te importaría acompañarme a la mesa?

* * *

—Pensé que para nuestra última clase debíamos celebrar la primavera —dijo Lillian emergiendo de la cocina con una enorme ensaladera azul en las manos—. Las primeras hortalizas que brotan de la blanda tierra. De todas formas, siempre he pensado que el año empieza en primavera y no en invierno. Me gusta la idea de conseguir los primeros espárragos del año, cosechados el mismo día, y añadírselos a un *risotto* cremoso y calentito. Celebra las dos estaciones y te lleva de una a otra en cuestión de un par de bocados.

Se fueron pasando la ensaladera por la mesa, sirviéndose generosas porciones con un cucharón de plata. Luego llegó la ensalada, hojas frescas de lechuga trocadero, cebolla roja y rodajas de naranja, aliñadas con una pizca de aceite de oliva, limón y zumo de naranja. Luego una cesta de pan, colmada de rebanadas de fragante pan caliente.

—Me estoy comiendo la primavera —bromeó Chloe, mientras se metía un trocito de espárrago en la boca—. Es increíble que me haya pasado la vida sin querer probar la verdura.

—Pues me parece que en casa de Isabelle se te va a acabar el cuento —comentó Claire.

—Lillian —la llamó Antonia desde el otro extremo de la mesa—, quería decirte que te he conseguido dos alumnos nuevos para el próximo curso. Se acaban de casar.

—Y seguro que casualmente tienen una preciosa cocina nueva para practicar —comentó Helen. Antonia asintió, sonrojándose.

—Por las cocinas —brindó Carl.

—Y por lo que sale de ellas —añadió Antonia, alzando su copa en dirección a Lillian.

* * *

Los platos estaban vacíos, a los últimos bocados les acompañaban suspiros de satisfacción. Se escuchó un arrastrarse de sillas, y las conversaciones en torno a la mesa empezaron a fluir sinuosas como tributarios de un gran río verde. Lillian se levantó a un extremo de la mesa, levantó su copa y la golpeó suavemente con el cuchillo.

—Tengo algo que anunciar —dijo. En la mesa se hizo el silencio—. Voy a tener una nueva aprendiz en la cocina. Espero que vengan con frecuencia para degustar sus recetas. —Lillian se agachó en la oscuridad del rincón de la sala que tenía detrás, sacó un uniforme completo de chef, y lo colocó delante de Chloe, que levantó la mirada, el rostro desbordante de orgullo, mientras los demás aplaudían.

—Ay, pobrecita mía —le murmuró Antonia a Tom—, me parece que se va a echar a llorar.

—Y ahora, ¿a quién le apetece postre? —preguntó Antonia—. Ian ha preparado algo realmente especial.

* * *

El último plato ya estaba fregado; el suelo de la cocina estaba reluciente. Claire y James, que se habían ofrecido a echar una mano con la última recogida, habían echado los delantales a la cesta de la ropa sucia y se alejaban por el camino, Claire recostada soñolientamente contra el hombro de su marido. Lillian estaba de pie junto a la mesa de madera. La cocina olía a agua y jabón, y en el ambiente se respiraba una vibrante camaradería a la vez que se percibía una corriente solapada de deseo, sutil como el azafrán, dulzón y terroso como el estragón.

Éste había sido un buen grupo, pensó Lillian, y la primavera ya había llegado a los árboles. Enseguida llegaría un nuevo grupo. Cuando llegaba este momento, Lillian siempre se sentía un poco triste, es más, lo esperaba. Pero, en esta ocasión, Lillian se sentía más apenada de lo acostumbrado. Siempre le había gustado ser la profesora, la que conocía con qué especias se despierta un recuerdo, con cuáles se cura un corazón herido. Disfrutaba atesorando esa sabiduría en su mente como un secreto, dilucidando qué alumno necesitaba este u aquel presente. Pero el último grupo era diferente. Estos alumnos se entregaban los unos a los otros, se tendían la mano con tanta gentileza… Era consciente de hasta qué punto se habían conectado sus vidas y lo iban a seguir estando. Y se preguntó dónde encajaba la profesora si ya no había clase. Lillian tocó las puntas de las rosas con delicadeza y las colocó sobre el hondo alféizar de la ventana. La profesora encajaba en la cocina, cómo no. Lillian sacudió la cabeza, y se dirigió hacia la puerta de atrás.

—¿Lillian?

Tom la esperaba al pie de las escaleras, con el cuello del abrigo subido para protegerse del frío aire nocturno. En aquel jardín repleto de cerezos, ella olió a manzanas.

—Todavía es temprano —dijo Tom, su voz conquistando el espacio para llegar hasta ella—. ¿Te apetece dar un paseo? Me gustaría contarte una historia.

Lillian se volvió y contempló la estancia que quedaba a su espalda, sus encimeras limpias, la despensa lista para las entregas de los proveedores del martes. Se quedó escuchando un momento el leve zumbido del refrigerador, los susurros de las flores en el jarrón. Apagó la luz, y salió de la cocina.

Suma de Letras es un sello editorial del Grupo Santillana

www.sumadeletras.com.mx

Argentina
Avda. Leandro N. Alem, 720
C 1001 AAP Buenos Aires
Tel. (54 114) 119 50 00
Fax (54 114) 912 74 40

Bolivia
Calacoto, calle 13, 8078
La Paz
Tel. (591 2) 279 22 78
Fax (591 2) 277 10 56

Chile
Dr. Aníbal Ariztía, 1444
Providencia
Santiago de Chile
Tel. (56 2) 384 30 00
Fax (56 2) 384 30 60

Colombia
Calle 80, 10-23
Bogotá
Tel. (57 1) 635 12 00
Fax (57 1) 236 93 82

Costa Rica
La Uruca
Del Edificio de Aviación Civil 200 m al Oeste
San José de Costa Rica
Tel. (506) 22 20 42 42 y 25 20 05 05
Fax (506) 22 20 13 20

Ecuador
Avda. Eloy Alfaro, 33-3470 y Avda. 6 de
Diciembre
Quito
Tel. (593 2) 244 66 56 y 244 21 54
Fax (593 2) 244 87 91

El Salvador
Siemens, 51
Zona Industrial Santa Elena
Antiguo Cuscatlan - La Libertad
Tel. (503) 2 505 89 y 2 289 89 20
Fax (503) 2 278 60 66

España
Torrelaguna, 60
28043 Madrid
Tel. (34 91) 744 90 60
Fax (34 91) 744 92 24

Estados Unidos
2023 N.W 84th Avenue
Doral, FL 33122
Tel. (1 305) 591 95 22 y 591 22 32
Fax (1 305) 591 74 73

Guatemala
7ª Avda. 11-11
Zona 9
Guatemala C.A.
Tel. (502) 24 29 43 00
Fax (502) 24 29 43 43

Honduras
Colonia Tepeyac Contigua a Banco Cuscatlan
Boulevard Juan Pablo, frente al Templo
Adventista 7º Día, Casa 1626
Tegucigalpa
Tel. (504) 239 98 84

México
Avda. Río Mixcoac, 274,
Colonia Acacias
03240 México D.F.
Tel. (52 5) 554 20 75 30
Fax (52 5) 556 01 10 67

Panamá
Vía Transísmica, Urb. Industrial Orillac,
Calle Segunda, local 9
Ciudad de Panamá
Tel. (507) 261 29 95

Paraguay
Avda. Venezuela, 276,
entre Mariscal López y España
Asunción
Tel./fax (595 21) 213 294 y 214 983

Perú
Avda. Primavera, 2160
Surco
Lima 33
Tel. (51 1) 313 40 00
Fax. (51 1) 313 40 01

Puerto Rico
Avda. Roosevelt, 1506
Guaynabo 00968
Puerto Rico
Tel. (1 787) 781 98 00
Fax (1 787) 782 61 49

República Dominicana
Juan Sánchez Ramírez, 9
Gazcue
Santo Domingo R.D.
Tel. (1809) 682 13 82 y 221 08 70
Fax (1809) 689 10 22

Uruguay
Juan Manuel Blanes, 1132
11200 Montevideo
Tel. (598 2) 402 73 42 y 402 72 71
Fax (598 2) 401 51 86

Venezuela
Avda. Rómulo Gallegos
Edificio Zulia, 1º - Sector Monte Cristo
Boleita Norte
Caracas
Tel. (58 212) 235 30 33
Fax (58 212) 239 10 51

Esta obra se terminó de imprimir en abril de 2011
en los talleres de Litográfica Ingramex, S.A. de C.V.
Centeno 162-1, col. Granjas Esmeralda,
C.P. 09810, México, D.F.